# 今日のおやつは何にしよう

益田ミリ

幻冬舎文庫

今日のおやつは
何にしよう

好きなケーキナンバー１は
やっぱりショートケーキ

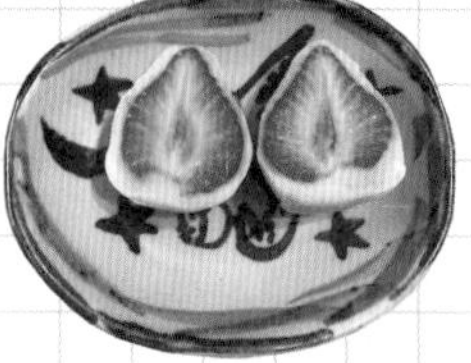

苺大福は小
振りなのが
お気に入り

マリトッツォ。流行よ、
おわらないで……。

夏に作ったスイカのサンドイッチ。
薄くスライスするのがポイント

初夏、種を抜いたサ
クランボを凍らせて

ご褒美のような「銀座ウエスト」のホットケーキ

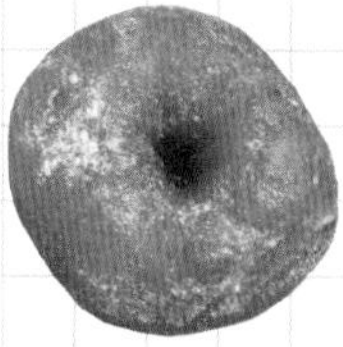

ときどき無性に食べたくなるドーナツ。ナゼでしょう？

ハーゲンダッツの新作チェックは重要課題

「銀座ウエスト」のシュークリーム

お酒しみしみのサバラン

グリコのジャイアントカプリコは永遠の大好物

新宿追分だんご本舗。近くに寄ったときは確実に買います

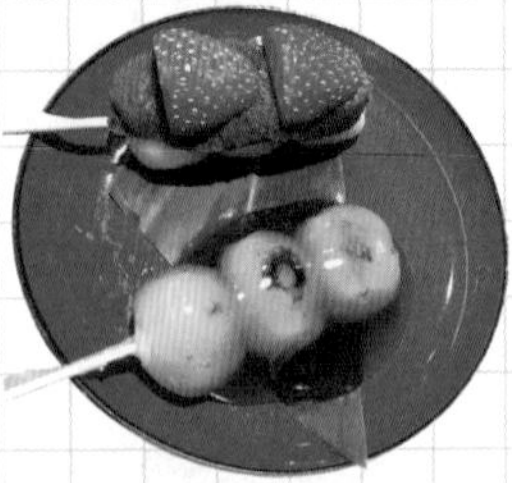

子供の頃からおはぎはきなこがナンバー1

帽子パンはフチから食べます

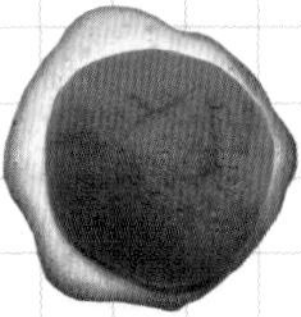

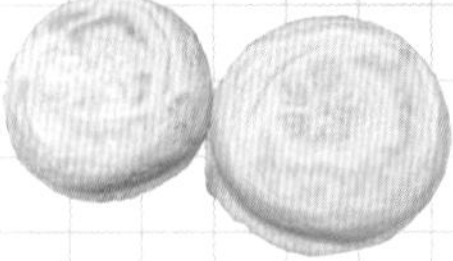

太宰府で食べた梅ケ枝餅。お餅がパリッと香ばしい

上野公園前あんみつ「みはし」の豆かん。ソフトクリームトッピング

「くりや」の栗おはぎ。ほどよい甘さ!

京都の「茶寮都路里」は学生の頃よく友達と

「菓子工房ルスルス」
のクッキー缶

ムーミンのデザート
プレート

インド料理
屋さんの初
デザート

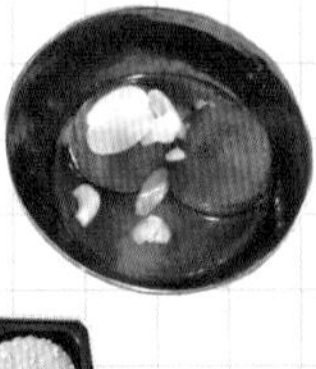

チョコレート
のクリスマス
ツリー

「泉屋」の楽しいクッキー缶

# 目次

## 2016

## 2017



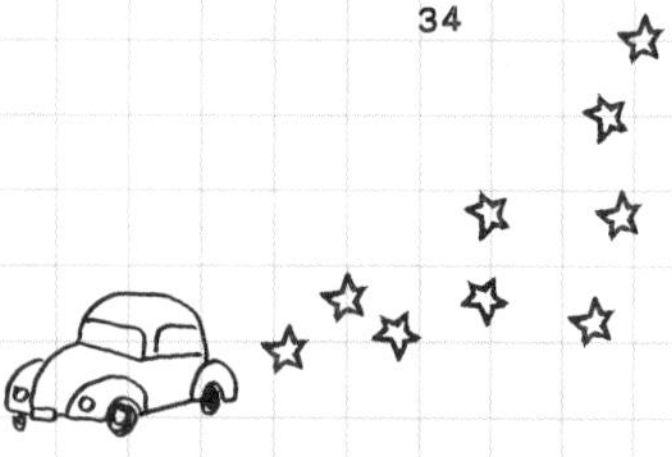

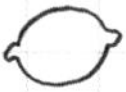

## 2018

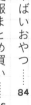

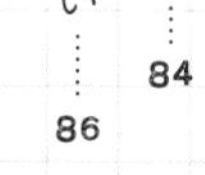

## 2019



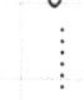

2020



2021



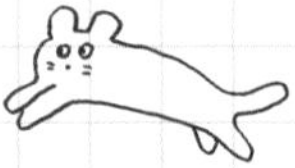

2016

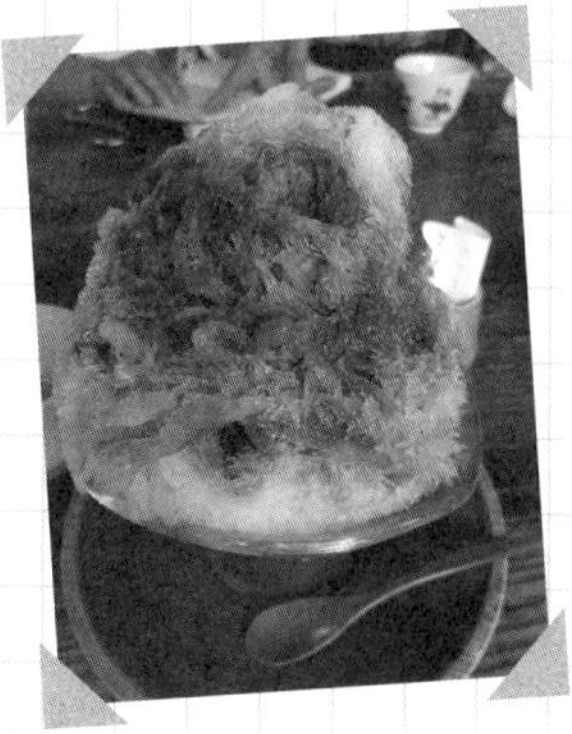

みり

# さようなら、わたし

わたしだ、と思った。

いつも行く喫茶店の、わたしが一番好きな席に、わたしみたいな人が座っていたのだ。

とても似ていた。いや、似ているのはわたしのほうだろう。その人は、わたしより20歳くらい年上だったのだから。

顔の造形がどうこうより、似ているのは雰囲気なのだ。座り方とか、首の角度とか、頬杖の突き方とか。髪は染めずに白いままで、それがとても似合っていた。わたしもゆくゆくはそうしようか。

彼女はサンドイッチをつまみながら単行本を読んでいた。その感じも、とても似ている。本の表紙は見えなかったけれど、読んでいるのは同じ本だったりして？

彼女は、テーブルにスマホを置いていた。スマホケースはオレンジ色だ。わたしのケースは赤色。似てなくもない。

この喫茶店がSFの舞台なら、彼女は、未来から2016年にやってきた「わたし」であるはずだった。知らんぷりして本を読んでいるように見せかけて、若き日の自分が、窓際の席でシャリシャリとかき氷を食べているのを観察しているのだ。

2016年のわたし（かき氷を食べている）に、わざわざなんの用なの？

大切なメッセージを伝えに来たのかもしれない。

「明日、イヤミを言われて不愉快になるから、外出しないほうがいいわよ」

とか、なんとか。

しかし、教えられたとて結果は似たり寄ったりではないか、とも思う。

未来のわたしが「外出禁止」と知らせてくれれば、確かに、ひとまずは回避できるのかもしれない。が、結局、イヤミを言う人は、いつか、言ってくる。早いか遅いか、それだけなのだ。

「長生きしてきた」を使うにはまだまだ若輩者だが、「ちょっとだけ長生きしてきた」

なら、もう使ってよいだろう。

ちょっとだけ長生きしてきたからわかるけど、言い返せなそうな人を選んで放ったつもりのイヤミであっても、空気を介し、周囲の人々にじんわりと伝わっているのである。そうやってこぼしていった信頼は、結集して巨岩になり、もう動かせない。その人が「未来」で失うものは一瞬の心地よさとは比較にならぬほど大きいのである。

わたしに似た人は、本を読み終え立ち上がった。レジで彼女がバッグから出した長財布はオレンジ色。スマホケースと色を揃《そろ》えているのだ。そういうところも似ていた。

さようなら、わたし。

# 図書館に出かけたら

図書館で調べものをしようと汗をかきかき自転車で出かけて行ったところ、臨時の休館日。

工事関係の方々が出入り口にいらっしゃるのはわかっていたが、一旦、声に出さないと気持ちの整理がつかない。

「マジかーっ」

最近、調べものがあり図書館をよく利用しているのだが、レファレンスの方々が本当にすばらしい。レファレンスとは、なんと説明すればいいだろう、こちらが求めている情報や資料を探すお手伝いをしてくださる業務というのだろうか。

先日は、チョウチョの種類、〈シジミチョウ〉に関する資料を探しに行ったのだけれど、いい資料を見つけられない。分厚い昆虫図鑑はあるが、わたしが求めているのは昆虫全般ではなく、シジミチョウの生態がくわしく書いてあるもの。

そこで、レファレンスのカウンターで相談すると、係の人が一冊の本を見つけてくれた。なんと、子供用のシジミチョウの観察事典だった。なるほど、そういう手があったか！　プロってやっぱりすごい、と感心したのだった。

というわけで今日も図書館でいろいろ相談しようと思っていたのに……。休館日なのだから仕方がない。駅まで戻ってカフェに入り、アイスコーヒーで生き返る。

ふと思いついて友達にメール。

「今夜ハンバーグ作ろうと思うんだけど、うち来る？」

しばらくして「行く」。急展開で、うちごはんだ。

でも、まだカフェでのんびりしてるから、ゆっくり来てね、なんなら、かき氷でも食べて涼んでから来たら？　というようなメールを送ったら、

「今、ちょうど伊勢丹でかき氷食べてた」

気の合う友とは、こういうものである。

夜。友とわたしとうちの彼。煮込みハンバーグとサラダとピラフを食べながら、テ

レビを観る。それから、伊勢丹土産のデザートをペロリ。図書館が臨時休館じゃなかったら、また違う一日を生きたのだろう。

# 立ち寄り計画

日比谷に宝塚の舞台を観に行く……前にどこに行こう？　せっかくおでかけするのだから、他にも立ち寄りたいわけである。

舞台は午後の1時半から。よし、その前にランチに行こう。

日比谷ならば、銀座も有楽町も近い。どこでなにを食べようかと、宝塚前夜に自宅で考えているとき、ある本を思い出した。

『あのメニューが生まれた店』（菊地武顕　著　平凡社）。様々なメニューの発祥の店に足を運び、由来などを丁寧に取材した一冊だ。

ハヤシライス、あんぱん、親子丼、カツ丼、みつ豆、みたらし団子……。

お馴染《なじ》みのメニューにも「発明」した人がいる。当たり前だが気にしてなかった。

図書館で調べものをしているときに見つけ、メニューの写真がめちゃくちゃおいしそうだったからすぐに書店で注文して買っておいたのだ。

日比谷近くで食べられる、発祥メニューはないかなぁ。

ソファに寝転んで開いてみた。

あった。劇場の近くに「スープチャーハン」発祥の店があった。おいしそうだ。ラーメン鉢にこんもりと盛られたチャーハンに、なみなみとスープがかかっている写真が載っている。

待てよ。わたし、今までの人生でスープチャーハンって食べたことあっただろうか。思い出せない。もしなかった場合、発祥の店で、初体験することになるわけ？　それ、いいかもしれない！

翌日、はりきって日比谷に出かけて行ったところ、あいにくの夏休み中……。

でも大丈夫。そのすぐ近くに、「ピザトースト」発祥の店があることもチェックしておいたから。

「これが発祥なのだなぁ」

写真どおりのピザトースト（熱々トロトロ）を食べ、劇場に向かった。

# いろんな友達

夕方、近所のパン屋のカフェ。文庫本を読みながら、最近ハマっている塩ロールパンをパクリ。この日は3個入りセットしか売っていなかったので、3個入りを買って1個食べ、もう1個食べようかなぁと迷っていたとき、友達から「ごはんどう?」とメールが届く。

「行こう!」

と返信し、「わたし、今日、スッピン」と追加で送る。

カフェで友を待ちながら、ナニを食べようかと考える。ナニというより、どこの店。スッピンOKの気軽な店を3つ考え、合流した友に提案した。

友達。

いろんな人と友達になりながら今に至っている。

名前を忘れてしまった友達もいる。たくさんいる。小学校の友達などは、かなり忘れている。でも、様々なシーンは消えずにいて、たとえば、転校生が来た日。

4年生くらいだったのだろうか。転校生は女の子だった。学校が終わって、一旦家に帰ってから仲良しの子たちと遊んでいるときに、転校生の家を見に行こう、と誰かが言った。そうしよう、そうしよう。みなで走った。転校生の家は簡単に見つかった。二階建ての普通の家だった。

ここかぁ、へぇー、なんて言いながら、家の前でしゃべっていたら、クラスの男子数人もやってきた。彼らもまた、転校生の家を見に来たのである。

呼んでみようか、と誰かが言った。それで、「○○さーん！」と、その家に向かってみんなで声をかけたら、転校生と、転校生のお母さんが出て来た。転校生はもじもじしていたが、転校生のお母さんは、それはそれは喜んで、

「みんなで来てくれたの？ ありがとう、○○と仲良くしてやってね」
○○さんの背中を押した。それで、男子たちも一緒にみんなで公園で遊び、○○さんの前の学校でのあだ名も確認。翌日、学校で、昨日来たばかりの転校生を、もうあ

だ名で呼んでいることが、わたしはちょっと自慢だった。今では名字もあだ名もまったく覚えていないけれど、公園で少しずつ仲良くなっていった感覚が、胸の奥で静かに息づいているのだった。

さて、話は戻り、スッピンのわたしと友が行ったのはカレー屋さん。カレーの後は、カフェで甘いもの。帰り際、食べなかった塩ロールパン2個を「はい、お土産」と友に手渡した。

散歩の途中、ノラ猫に
声をかけたら 近くまで来てくれた。
「ゴメン、なんもないんだよ」とあやまる。

# ぶりお

ぶりお。

さすがデパ地下の鮮魚コーナー、変わった刺身が売っているなぁ。わたしは「ぶりお」と書かれた刺身をまじまじと眺めた。

ぶりおの身はたいそうおいしそうだった。いかにも脂がのっている。その名の感じからして、ぶりの仲間なのではないか？　よしっ、と買い物カゴに入れかけたとき、20パーセント引きのシールを持ったお兄さんがやってきた。

もしや、ぶりおも割引対象？

しばし待機していたら、なんと、なんと、ぶりおのパックにシールを貼り始めたではないか。わたしは北海道産のぶりおを20パーセント引きでゲットし、地下鉄に乗った。

午後8時、最寄り駅に到着。刺身を買ったのだから、とっとと帰ればいいのだけれど、バッグの中の読みかけの単行本が気になっている。一日中持ち歩いていたのに読むタイミングがなかったのだ。このまま帰宅すると、重たい本を持って歩いたことが酬《むく》われぬ。ぶりおには保冷剤もつけてもらった。大丈夫だ。駅前のカフェに入り、しばし読書タイムとする。

小一時間ほど読んで、店を出た。

「たぶん、あの恋はうまくいかないのだろうなぁ」

物語の中に半分入ったまま自転車置き場へと向かう。

子供の頃、悲しい物語を読むたびに、大人ってひどいと思ったものだった。自由自在にお話を作れるくせに、わざわざ主人公を不幸にするなんて！　幼いわたしはしょっちゅう腹を立てていた。

今読んでいる小説も、おそらくハッピーエンドではないはず。でも、もう腹は立てない。そういうこともあるだろう。そういうことのほうが多いのだ。

小説の行方を気にしつつ、家に帰って夕飯の支度。

ぶりおは、ぶりだった。ぶりお＋造りではなく、ぶり＋お造り、であった。「ぶりお」が食べられなかったことは無念だが、ぶりお造りはおいしかったし、今日の仕事の打ち合わせも、ピアノレッスンもまずまずうまくいった。ハッピーエンド寄りな一日であった。

# わたしの部屋？

女性誌の取材を受けるにあたり、「どこで」問題が浮上する。自宅の仕事部屋で、というのが、取材の主旨にもっとも近い場所であるのはわかっていたのだが、割合、急なことであったし、準備ができない。

準備というのは、むろん、掃除である。どちらかというと、片付いているほうなのだが、それでも普段は適当な掃除機がけも、隅々までやらなければならないし、窓ガラスに関しては、いつ拭いたのか記憶にない……。しかも、少し前に個展をしたので、そのときの備品がダンボール箱ごと部屋の隅に積まれているわけである。

自宅での取材じゃなくても大丈夫ですか？

と、メールしてみたところ、大丈夫とのこと。よかった、よかった、と取材に必要なものを、一式、風呂敷に包み、指定されたビルに行ってみれば、めちゃくちゃオシャレな撮影用のレンタルルームだった。

白い壁、木製の白いドア、白いレースのカーテン。木のテーブルの脚は黒い鉄みたいなやつで、うちには絶対ないものばかり。

わたしは、その、誰の部屋でもないレンタルルームのテーブルで、パシャパシャと写真を撮っていただきながら、
わたしの部屋だと思われる可能性は何パーセント？

と考えていたのだった。

スタジオなんだろうな、というのは、「白いドア」でわかっていただけるだろうが、もしかしたら、益田こだわりの「白いドア」なのではないか？　と見る方もいよう。

恥ずかしいような気がする。いや、恥ずかしい。しかし、まだ望みがある。わたしは腕時計をしていたのだ。自宅で腕時計をしている人は、基本、いない。なので、ここは、都内のステキなレンタルルームなのでありますヨ、というアピールを我が腕時計に託したのだが、心配なのは、その腕時計が白いベルトだった……ということである。

# 何を買おう？

着なくなった服を売ったお金で何かを買おうと思った。

さて、何にしよう？

何かを手に入れることを心待ちにするような、そんな買い物をしたかった。

クリスマスシーズンになると限定のコスメも発売される。一度も買ったことがないけれど、雑誌などで紹介されている写真を見ればキラキラとかわいいものばかり。あ あいうものを一度くらい買ってみるのもいいかもしれない。

などと考えていたときに、ナイキのレザーのエアモックが発売される、というのを小耳に挟む。

要するに革のスニーカーなのであるが、紐《ひも》がなくコッペパンみたいな形をしているのが特徴だ。

20代の頃にクリスマスプレゼントにもらい、初めて履いて歩いたときの衝撃が忘れられない。フワフワだ。どこまででも歩いていけそうな予感がする。そんなスニーカーだった。

実際、あのスニーカーで本当によく歩いた。フランス旅行にも履いていった。フランスから電車でベルギーのブリュッセルまで行って、そこからブルージュという街にも。

歩いても歩いても疲れなかった。旅で気持ちが高揚していたのももちろんあるが、エアモックの歩きやすさもあったと思う。

それも履きつぶし、ずいぶん前に手放した。以来、履いていない。ちょっと若者すぎるか？　と思って。でも、レザータイプならいいかもしれない。

よし、エアモック・アゲインだ。

というわけで、原宿のナイキショップに行ってレザーのエアモックがいつ発売になるのか聞いてみたら、ブログで発表するので日々チェックするようにアドバイスされる。

おおよそ1ヶ月後。発売された、というのを風の噂で聞きつけ（ブログは結局一度も見なかった……）売り切れぬよう急いで買いに行った。

久しぶりのエアモック。おいしそうな形をしている。しかも、レザータイプは中がモコモコしていて超あったか！

これ履いてどこ行こうかなぁ〜。

靴を買ってそんなことを思うのは久しぶりだなと思った。

# オトナのプレゼント

40歳というのは、大きな節目である。

少なくともわたしにとってはそうだった。「若者」との完全な決別は40歳だった。

39歳までは若者のつもりでいたのか？　ということになるのだが、いた、のである。

30代は若者だった。

歳下の知り合いの女性が40歳になるというので、なにかプレゼントをしようと思った。成人式のお祝いのような気持ちである。

なにがいいかなぁ。

プレゼントを選ぶのは楽しい。

下着がよいのではないか？　大人になったのだし、とびっきりセクシーなやつ。

デパートの下着売り場へ。外国の下着のほうがセクシー度が高いかもしれないと思い、スタスタと店に入った。

「なにかお探しですか？」

「ちょっとキャミソールと下着のセットを。プレゼントなんです」

黒が無難かなと思い、黒のセットアップを持ってきてもらう。

セクシーだ。でもかわいらしさもあり、シルクだから触り心地もいい。いいじゃん、いいじゃん。値段を聞いて驚く。セットで6万円くらいするのだった。

「ええっ、結構するんですね」

「ご予算はいくらくらいでしょう」

と、聞かれてもごもごする。明確には決めていなかったが、6万円ではないのは確かである。1万円くらいならもらう人にも負担にならないなという気持ちでいたのだった。

「もらった方は、きっとお喜びになりますよ」

と、言われるが、どうかな、却《かえ》って怖いんじゃないだろうか。

ちなみに一番安いキャミソールってどれかと聞いてみたところ、それでも3万50

00円。すごいなぁ、こういうの買って着ている人がいるんだもんなぁ。心の中で感心すればよいものを、全部口に出すわたし……。買う気ないのみえみえである。

下着はあきらめ化粧品売り場をうろつく。口紅、ネイル、落ちないマスカラ。ああでもない、こうでもないと迷っているとき、ふっとひらめいた。

アロママッサージのギフト券にしよう！　何度か行ってめちゃくちゃよかった素敵なお店があるのだ。

チケットを買いに行った。施術が上手な人がふたりいるので、彼女たちの名前も書いて一緒に送ろう。

3ヶ月間有効のギフトカードだ。慌ただしい年末年始だからこそ、無理してでも予約を取って行くのだぞ、と圧をかけるつもりだ。若者との決別である。大人のからだのためのプレゼントであった。

# 脳内エッセイ

冬。布団の中で仕事をする朝が増える。目覚めても寝床から抜け出せず、そのまま原稿のことを考えるのだった。

前夜、寝る前に書いたエッセイ。あの文章の後ろにもう少し説明を付け足し、代わりに、あそこはくどいからカットしよう。脳内（布団内）加筆修正である。

そういえば仕事先の人からのメールの中に、「しきり」というコトバがあって、ちょっとかっこいいから今度わたしも使ってみたいなと思ったんだった。

使ってみたいコトバは、新製品の絵の具のようだ。画材屋で見かけて、試しに使ってみようと手に取ってみる。「しきり」は、わたしにとって新しい色だった。

「◯◯感をいだくことしきりです」

メールはそんな終わり方だったと思うのだけれど、〇〇感が思い出せない。ちょっとマイナスな意味合いだったんだよなぁ。

「しきり」を気にしつつも、同時に、締め切り近い漫画の原稿のことも考える。この前タクシーに乗ったときのエピソードにしようか。

タクシーといえば、まだ会社員をしているときのことだった。

帰りが遅くなり、わたしは最寄り駅からタクシーに乗った。家の前に到着し、お金を払うときに運転手は言った。

「今日はどこまで行っても、これ以上メーターは上がらない日だから」

「はい？」

「どこまででも」

「そうなんですか？」

家に入ってそのことを母に話すと、母は「なにそれ」と怖がった。それで、わたしもとたんに怖くなったのだった。

話は戻るが、冬の布団の中は魅惑的な暖かさである。ゴロゴロしていたら、余裕で

2時間以上過ぎている日も……。「よしっ」と起き上がる頃には、脳内が原稿のことで溢《あふ》れそうになっているのだった。

仕事のメール。

「お世話になりますね」

と送信していたことに気づく。

2017

# 素敵なクリスマス

クリスマスの夜に映画を観に行った。映画の前の早めの「ディナー」はカレーだった。カレーを食べて、映画を観る。いい感じのクリスマスである。

カレーの前には、おしるこを食べに行った。クリスマスケーキの代わり、と思って食べるおしるこもまたいい感じだった。ちなみに、とらや、のおしるこである。

老舗《しにせ》のカレー屋は新宿の雑居ビルの2階にあった。

「クリスマスだし、なんかおいしいもの食べたいねぇ」

じゃあ、やっぱりいつものカレー屋だわな。辛い、辛いと汗を拭きつつうちの彼と食べていたら、家族連れが入ってきてギョッとした。「空いてますか?」とお父さん。連れているのは幼稚園から小学校まで、男の子の三兄弟。店の人は大慌て。「うちのカレー、かなり辛いです」。そう、わたしがギョッとしたのも、「こんな小さい子たちも、ここの常連なんだ！」という驚きである。しかし、どうやら子供用のカレーがあると見込んで入ってきたようで、ないとわかると残念そうに帰って行った。

「また大きくなったら食べに来てね！」

お店の人が明るく言っていたのが、なんだかよかった。

観た映画は『14の夜』。実は前日のクリスマスイブが公開初日で、行ったらすでに立ち見のチケットしかなかったので、翌日のクリスマスにリベンジしたのだった。

14歳の男の子たちの夏休みの物語、というだけで甘酸っぱく、クリスマスにはなんの関係もないけれど、楽しみにしていたのである。

一度でいいからオッパイを揉《も》んでみたくて、都市伝説に振り回されつつ、夏の夜、オッパイのためだけに14歳の少年が全速力で走るシーンに、胸がじーんと熱くなった。

エンドロールが流れ、明かりが灯《とも》った。立ち上がりかけたとき、サプライズで監督の舞台挨拶があった。

「クリスマスの夜に、この映画を観てくれてありがとうございます」

というセリフに、笑いが起こった。

# 予定と予定の間

打ち合わせを兼ねてのランチが終わり、夕方の用事までたっぷり時間があった。

時間をつぶす、という言い方はずいぶん前からしなくなった。予定と予定の間もまた人生の一部分。一刻たりとも無駄にしたくないという意味ではなく、つぶすという表現は悲しい。

歩いていたら友からのメール。お茶しようということになり、1時間後、カフェで落ち合う約束。よし、それまで本屋に行こう。ちょうど探している本があったのだ。

レジでの会計中、書店員の女性が言った。

「わたしもこの作家が好きなんです」

嬉《うれ》しくなる。そして思う。わたしもこんな風に言われたいものである。

まだ実家にいた頃、父がわたしの本棚から向田邦子さんの『あ・うん』を抜いて読んだ。後日、「あんまりおもろなかったなぁ」と父が言い、わたしには寝耳に水だった。読んだ人全員がおもしろいと思うと疑っていなかったのだ。あれはとてもいい経験だった。

本屋を出て、カフェで友と落ち合う。話題のカフェだ。店内は大学生らしき女の子たちで超満員。我らのテーブルが、なんとなーく浮いていることはわかっていたが、こういう店に「行かなくなる」ことはいつだってできる。わたしはまだまだ新しいデザートを食べてみたかった。

友と別れ、用事を済ませ、家の近所のスーパーで買い物。久しぶりにブリ大根が食べたくなる。鮮魚コーナーに行くとワラサの切り身が安くなっていた。見た目はほとんどブリ。ブリは出世魚だし、ワラサはその手前っぽいな、じゃ、ま、それでいいかなとワラサを4パック購入。

魚の呼び名は地方によってずいぶん違う。ウィキペディアで調べてみたらワラサは関東地方の呼び名で、わたしの地元関西では、ツバス↓ハマチ↓メジロ↓ブリ。関東がワカシ↓イナダ↓ワラサ↓ブリとあった。ワラサは、関西ではメジロあたりか。

冷蔵庫を開けると、あると思っていた大根がない。長芋があったので、ブリ大根ではなく、ワラサ長芋にしてみた。関西流では、メジロ長芋？　長芋がとろとろになって、これもまたおいしく、なんてことのない冬の一日だったが、同じ日は二度となく、わたしは時間をつぶさなかった。

# おいしいものが食べたい夜

この店、絶対、おいしいに違いない。

という直感はどこからくるのだろうか？

金曜の遅めの時間。お目当てだった店が満席で、さて、どうしようかと歩いていたところ、最近、できたのは知っていたけれど入ったことはないカフェの前を通りかかった。

カフェメシという気分じゃないんだけどなぁ。

とりあえず外に立ててあったメニューをのぞいてみれば、ビビビッときた。

この店、絶対、おいしいよ！

扉を開ける。

店内の厨房《ちゅうぼう》は広く、3人の若い料理人が手際よく動いている様子がうかがえた。店構えはカフェ風だが、中はレストランだった。

席につき、メニューを選ぶ。本日のお刺身プレート、岩手産生ガキのトマトジュレをふたつ、ケールとベーコンのサラダ、手作りロースハム、長芋のグラタン。彼と相談するていで、たいていテキパキわたしが決めている。相手の食べたいものがわかるのは、直感ではなく長年の考察。自分が食べたいものと瞬時に擦り合わせ、若干、わたしの好みを多くするのがミソ。

食事をしながら、さっき観た映画の話。『幸せなひとりぼっち』という映画で、オーヴェという59歳の男が主人公だった。画面はかわいい色合いの住宅地。どこの国だろう？　フランスの田舎町のようだけどフランス語ではないし。話がすすんできた頃に国旗が出てきてスウェーデン映画ということに気づく。

主人公の回想シーンで、とてもステキなセリフが出てきた。

今は亡き妻との、初めてのデートのシーン。貧しい暮らしを隠し、オーヴェは無理をして高級レストランを予約した。

スープしか注文しないオーヴェに彼女は言う。

「それだけしか食べないの？」

「食べてきたから」

彼女は驚く。

「どうして？」

オーヴェはこたえる。

「キミが好きなものを食べられるように」

軍人というのは嘘で鉄道局の清掃係であることを打ち明け、オーヴェは立ち去ろうとする。彼女はここで完全に恋に落ちてしまうのだった。

映画はスウェーデンで大ヒットし、国民の5人に1人が観た計算になるとプログラムには書いてあった。

「あのシーン、すごいよかったよね」

食事をしながら、わたしは思い出して泣きそうに。おいしいものが食べたい夜だった。直感は正しかった。

# 梅の開花

梅は良い。

桜も好きだけど、梅の開花も毎年楽しみである。

今年も東京の羽根木公園に行ってきた。梅の公園として有名で、毎年「梅まつり」が開催されるのである。

よく晴れた日曜日。人出があるといえど、桜の花見のような団体さんはいない。子供連れの家族もいるが全体的に年齢層が高く、ひとつひとつのグループの単位が小さい。

食べ物の出店もある。毎年食べるのは「蕎麦《そば》がきのすいとん」。七味唐辛子をパパッとかけて、ゴザに座ってハフハフ食べる。

会場では100円でゴザを貸し出している。敷物を持ってくればタダなのだけれど、梅まつりはゴザを敷きたい気分。ちなみに出店で毎年一番長い列になるのは「わたあめ」である。

花粉症のわたしにしてみれば、

「うわ〜、わたあめに花粉ついてそう〜」

なのだけれど、子供たちって本当にわたあめが好きである。

梅の花は、白、ピンク、紅、いろいろ。

白い花を見ているときは、

「ポップコーンみたいでかわいいなぁ、白が好きだなぁ」

と思うのだが、紅は紅で見上げると青空に映え、やっぱりこちらもいいなぁと思う。

梅の品種はちょっと日本酒の名前のようである。白加賀、真鶴、紅千鳥。一本一本に名前の札が下げられており、それを見て歩くのもまた楽しい。

梅のあとは桜だなぁ。

梅が咲き、桜が咲き、若葉の季節……。梅の木を見上げつつ、いつの間にか心は数ケ月先のほうへ。

年明けすぐに会った仕事の人が言っていた。

「気分はもう4月の終わり頃なんですよ」

前へ前へ心がいくというのはよくわかる。わたしで言うなら、5月売りの雑誌の漫画原稿を梅の季節に描いているというのもある。子供がいる人ならば、あと10年で成人式かぁ、などともっと先を見ているのだろうか。

紅梅の木の下でカメラを渡し、写真を頼んでいるひとりの年配の女性がいた。ニコッと笑ったのがなんともかわいらしくて、いい気分で梅のつづきを見たのだった。

# ORIGAMIのパーコー麺

宝塚歌劇を観た帰り、パーコー麺を食べに行ったのだった。

美しいショーの熱気を浴びてどんどんおなかが減ってきて、なんか、もう、こってりしたものを食べて帰らなければ日常に戻れない！　と向かった先はザ・キャピトルホテル東急のレストラン「ＯＲＩＧＡＭＩ」。

以前、ここで仕事の打ち合わせをしていたときに、後ろの席のご老人（男性）が食べていたのがパーコー麺で、以来、ずっと気になっていたのである。

だって、その人、案内されて席につく前に、

「パーコー麺ね」

と、ホント、食い気味に注文していたのである。あきらかに常連だし、あきらかに

パーコー麺目当てである。

あまりジロジロ見ることもできず、しかし、どういうものか確認したいしと振り向けば、ラーメンらしきものをズルズルすすっていた。

パーコー麺。調べてみれば、ラーメンにトンカツがのっかっている食べ物だった。カロリー的には問題がありそうだけど、前後の食事を軽めにすればよいのだし、いつか食べてみようと思っていた。そして、それは「今日だ！」と、宝塚観劇後にひらめいたのである。

まずは薬味がやってきた。青ネギ、白ネギ、ラー油、七味。とくに説明はなかったので、「お好みでどうぞ」なのだろう。

しばらくしてパーコー麺がやってきた。青ネギをパラパラふりかけ、まずはスープから。しょうゆ味のような気がする。つづいてトンカツ。薄めで、衣も細かい。せっかくなので、端からではなくド真ん中からパクリ。

スープ、麺、トンカツ、薬味、スープ、麺、トンカツ、薬味を繰り返し、食べ終わったら顔から汗が。

午後5時のパーコー麺。

これはいったいなんだろう、おやつ？　晩ごはん？

隣の席の重役風のサラリーマンふたりは、ハイボールとフルーツの盛り合わせを注文していた。午後5時のハイボールとフルーツの盛り合わせ。仕事中？　仕事してない？　わからない。スマホでフルーツ盛り合わせの金額を、一応、確認。ちなみに、パーコー麺は2730円。それよりほんの少し安かったが、なら、パーコー麺のほうがお得じゃないか、と考えるような人は、ここには食べに来ないのかもしれない。

満足、満足。おいしかった。贅沢《ぜいたく》してしまったけれど……気がすんだ。気がすむとは、気持ちがおさまるということ。たまには思う存分、気持ちをおさめたいものである。

# 好きな言葉

好きな言葉がある。

何年か前にヒットした、ドラマ『やまとなでしこ』の中で、主演の松嶋菜々子さんが演じた桜子のセリフである。

桜子は、やっと自分の気持ちに気づいて愛の告白をするのだけれど、相手の男性は、いざとなると腰が引けてしまった。さんざん、思わせぶりな態度をされてきた桜子にしてみれば、ふられるなんて夢にも思わず、すっかり落ち込む。

しかし、ここからがいい。

沈黙ののち、桜子はひとり海に向かってこう叫ぶ。

「わたし、悪くなーい！」

復活し、合コンの女王に返り咲くのだった。

さて、少し前のできごと。

夕方の電車は混み合っていた。すし詰めの車内がカーブで揺れ、わたしは前に立っていた人によりかかってしまった。むろん、そこにいた誰もがよりかかったり、よりかかられたりしながら乗っているわけである。

だというのに、前の人はわたしをジロリと睨《にら》んでから、チッと舌打ち。

舌打ちって誰かれにするのではなく「自分より弱そうだな」という判断を一瞬のうちに下してからするのではないか。

駅に着くと、「チッ」の人は肩をぐいぐいさせて出口に向かった。降りるとき、わたしの足を思いっきり踏んでいった。わざとじゃないと思おうとするが、わざとかもしれないと思う気持ちから逃れられない。わたしは悔しくて、もう、息もできないくらい。

それからしばらくして最寄り駅で降り、エスカレーターで改札に向かいながら大きく深呼吸。

そして、自分の耳にだけ聞こえるような声で言ってみた。

「わたし、悪くなーい」


いろんなカフェがある。

パン屋のカフェや、ブックカフェ。ならば、「わたし、悪くなーい！」と思いっきり叫ぶカフェはどうか。

壁には海の風景が映写されている。レモンスカッシュを片手に、

「わたし、悪くなーい！」

映像の海に向かって叫ぶ。すると、客から、あるいは店長から、

「あなた、悪くなーい！」

掛け声が入るとか？

大人になると、そう大きな声を出さないもの。昔、大声コンテストに出たことがあるのだが、あれはなかなか気持ちがよかった。「わたし、悪くなーい！」大声コンテストは開催されぬだろうが、わたしはつぶやくようにひとりで開催し、日々を乗り切っていくのだった。

日傘と 普通の傘を
まちがえて持っていく。

## 素敵すぎだよ『ウルトラセブン』

テレビ版『ウルトラセブン』が渋谷の映画館で上映されているというので観に行ってみた。

わたしよりちょっと上の世代の男性陣が今か今かという表情でロビーに立っているのが新鮮だった。

テレビ版『ウルトラセブン』は１９６７年〜１９６８年に放映されていたので、わたしが生まれる以前である。その後、再放送もあったのだろうが、ほとんど記憶にない。

しかし映画館で当時の主題歌が流れると、

「懐かしい！　知っている！」

胸が高鳴った。

希望に溢れるメロディと、合間にヴォルルン、ヴォルルンと響くホルンの調べ。世界は広いのだゾ、と明示する力強さがあった。ふいに『アルプスの少女ハイジ』の主題歌が思い出された。あの美しいヨーデルのコーラスもまた、子供たちに世界の広さを伝えていたのではなかったか。

映画館では、テレビ版『ウルトラセブン』の3話分が上映された。子供用という感覚では作られておらず、星新一のSF小説のようなもやもやとした怖さや、人間のこっけいさ、嘘や偽善、空《むな》しさとともに正義が描かれていた。

「第四惑星の悪夢」の中で、しびれるセリフがあった。

ふたりの隊員を乗せた宇宙船が予定外の惑星に飛んでっちゃうという物語なのだが、乗っていた隊員は目的地に着くまで自動的に眠りについている。だから、それを知らせることはできない。大事件である。そのわりに地上の作戦室は冷静で、女性隊員は悲しげにこうつぶやくだけである。

「今ごろ夢を見ているわ」

映画館の暗がりの中でわたしは思わず息をのんだ。ここでこんなセリフを言わせるとは！　素敵すぎだよ『ウルトラセブン』。

挿入歌がクラシック音楽だったり、宇宙人とウルトラセブンがちゃぶ台で語り合ったり、なんかもう、めちゃくちゃかっこよかった。いろんなものを観てみるものだなぁと映画館をあとにしたのだった。

# 夜の映画の愉しみ方

映画のレイトショー前の時間が好きだ。

ぎりぎりまで家にいて、ぱっと出かけて行くこともあるけれど、好みなのは3時間ほどさすらう感じ。

夕暮れとともに街へ出てデパ地下を見てまわったり書店に寄ったり。カフェで軽食を取りつつ、買ったばかりの本を読むのも楽しい。あるいは早めの夕食というのもよい。

先日はレイトショーの前にデパートの食堂街で天丼を食べた。メニューにはなかったけれど野菜天丼が食べたくて聞いてみたら、あるという。あるのに書いていない、というのがいつも腑《ふ》に落ちない。他にナニが隠されているのだろうという気になる。

野菜天で好きなのはサツマイモ。入っていたら嬉しいのがヤングコーン。アスパラのやわらかい先の部分がのっていると、なお嬉しい。

野菜天丼を頬張りつつ、なんだか笑えてくる。21時といえば、小学生時代の就寝時間である。夜遅くに映画館で映画を観る。あの頃のわたしが知ったら、どういう顔をするだろう？

その夜観たのはアメリカの女子高生が主人公の『スイート17モンスター』という映画だった。

主人公のネイディーンは、学校生活にまったく馴染《なじ》めず、たったひとりの親友ともいろいろあってケンカ中。休み時間にしゃべる相手は先生だけ。変化を求めて行動しても空回りばかり。

ネイディーン、きみのそのモヤモヤした日々は、きみの未来の強い土台になるのだよ。わたしにはネイディーンが輝いて見えた。

映画館を出て地下鉄に乗る。帰りに駅前のスーパーへ。青果コーナーでスイカを買いたくなるような映画だった。家に帰って食べたスイカは青臭くて水っぽく、しかし、その夜の気持ちにちょうどよかった。

# レモン色のエプロン

エプロンを買った。

夕暮れどき、英会話教室の帰り道。ふらりと寄った雑貨屋にレモン色のエプロンがかかっていた。素通りしかけたものの、ふと立ち止まって眺めてみた。

家の中の服は元気がない。ヨレて外へは着ていけなくなったものが部屋着になっている。その上から明るい色のエプロンでもしてみるのはどうか、と眺めたわけである。

エプロンを手にレジに並ぶ。そういえば今日の英会話レッスンは「買い物」がテーマだった。先生が販売員、わたしが客となり、いろんなものを疑似ショッピング。

架空の洋服屋でブラウスも買った。

わたしは販売員役の先生に英語で言った。

「すみません、この服、試着していいですか？（と、言ったつもり）」

先生はなぜか困った顔。

「マスダさん、今のだと、この服わたしに着せてください、って言ってます」

そんなことを思い出しつつエプロンを購入。

家に帰り、早速、鏡の前でつけてみた。

お、いい感じ。まるでワンピースのようではないか。

テーブルの上のCDに目が止まる。そうだった、プレゼントされたのをまだ聴いていなかった。流れてきたのは明るい英語の曲だった。

音楽にあわせくるりと回ってみた。揺れるエプロンの裾を見てなんだか踊りたいような気分に。

踊ろうか？

えっ、踊んの？

大丈夫か？

いや、大丈夫だ。

踊れ、わたし！　踊れ！

いろんなことがある。失敗する日もある。

そして、とりあえず踊ろうと思ってよい日があるのなら、それは今日であった。踊っていたら、笑えてきた。

「楽しそうだねぇ」

ベランダで洗濯物を取り入れていたうちの彼から声がかかる。わたしは踊りながら答えた。

「まーね！」

# 友の手土産

よく晴れた日曜日の午後。

清々《すがすが》しい風が部屋の中に入り込んできて、

「よい天気だなぁ」

と、窓から青空を眺めた。

どこかへ出かけたくなる日ではあったけれど、もう少し原稿に向かっていたい気分。

待てよ、と思う。

こんなによい天気ということは、我が友もおでかけしているはず。

「帰り道にうちに寄って晩ごはん食べない？」

と、誘ってみるのはどうか。

メールをしたら、寄る、と返事がくる。案の定、どこかに出かけているようだった。それで、もう夕方まで、わたしは机の前にいることにした。

日が傾き始め、わたしはパソコンを閉じた。

夕焼けの下、自転車に乗ってスーパーを目指しつつ、なにを作ろうかなぁと考える。豚肉とごぼうと舞茸《まいたけ》のカツオ出汁《だし》スープは決まり。最近、ハマっていてこれは失敗しない。ご飯を炊いてもいいけれど、ペンネなら早めに作っておいてものびないし、ペンネアラビアータにしよう。これは、もうズルしてアラビアータのソースを使っちゃおう。あとはサラダ。いろんな色のプチトマトを買ってレタスと混ぜることに。あと一品は新じゃがを茹《ゆ》でて、それにサワークリーム（そのまま）をたっぷりとかけるのはどうか。

決まり、以上。

おもてなしとは呼べぬ簡単メニューだけれど、1時間ほどでドドッと作って、シンクの後片付けもしちゃって、料理は一度に全部テーブルに並べ、もう立ったり座ったりしない。テレビを観つつの気楽な晩ごはんに。

デザートは買わないでおいた。

なにか買ってきてくれるかな～と思って。準備ができたところで玄関のチャイムが鳴る。

友の手土産はサクランボと水ようかんだった。

# 午後、ネイルサロンへ

一度やってもらいたいなぁと思っていた足のネイル。ある日の午後、えいやっとネイルサロンに電話をしてみたら予約がとれたので出かけて行ったのだった。

いつもバチンバチンといい加減に切っている足の爪。これといった手入れもしていないからネイリストにお見せするのが恥ずかしい。

「小指の爪なんか、ほとんどないんですけど……」

もじもじしつつわたしが言うと、

「全然、あるほうですよ～」

明るく返され、早速、お手入れ開始。ソファに腰掛け雑誌を読んでいると、ヤスリでシュッシュッと爪を整えていく音が聞こえてきた。ひゃー、ちょっとこそばゆい。

「爪の感じはいかがですか？」

ネイリストさんに言われて自分の足元を見れば、あるある小指の爪！　お手入れ次第で、こんなに大きくなるものなのだなぁと感心する。

さて、次はネイルの色である。濃いめの色のほうが足がきれいに見えるとアドバイスされ、ワインレッドをチョイス。わたしの足の爪はみるみるうちに色っぽくなり、仕上げに親指の爪にだけラインストーンを付けてもらった。

以来、足の指を眺める日々である。

カフェで本を読んでいても、ふと、サンダルからのぞく足の爪たちを確認したくなる。


きれいにしてもらって良かった！

しばし眺めて満足する。

わたしの足の爪など誰が気にして見るわけでもないのはわかっている。でも、自分が見て嬉しいのがなによりである。

それはちょっとピアノレッスンにも似ている。

習い始めて8年になるが、人前で弾いたことはなく、弾く予定もないのだけれど、自分が弾いて、あるいは聴いて楽しいからOK！　という感じ。楽しみを内側に持っているのはなかなかよいものである。

# 高級カフェで

めちゃくちゃ高級なカフェで打ち合わせと相成った。ちょっと見てみたいですね、という好奇心である。

ビルのエレベーターボタンを押す。高級ゾーンへとぐんぐんわたしは上がっていった。

到着する。よかった。ドアが開いたらすぐ店内、ではなかった。まだ心の準備ができる。

よし、と店の入り口へと歩き出す。店のドアは開いていた。開いているところに、黒いスーツ姿の女性が仁王立ちになっていた。いや、ただ立っていただけなのだが、なんか、そう見えてしまった。

ゆるゆると近づいていく。

こういうとき、どこに焦点を合わせればよいのだろう？

仁王立ちの人を見るのか、自分の足元を見るのか。あるいは斜め上のなにもないところを睨みつつ歩いていくのか。

「待ち合わせです」

と、言ったら、仁王立ちの人が「どうぞ」とからだを半身にして通してくれた。

待ち合わせしていた女性がソファ席についていた。何席かあるが他に客はいないようだった。

まぁ、素敵なカフェ〜。

と、思っていたら、なんとそこはウェイティングスペースだった。ただの待ち合い場所なのである。カフェが満席でしばらく待つことになった。遅れてもうひとり。3人で待機する。

「わたしたち場違いでしたかね？」

という話になり、

「いや、意外にミシュランの覆面取材の人たちと思われてるかもしれませんよ」

という流れになり、

「じゃあ、わたし、ちょっとメモとります」

と、わたしは手帳を取り出した。

待ち合い場所の内装の様子を取材する。

アールヌーボー。アールヌーボーだけど、ちょっと民芸調。テーブルの脚が丸い。ボーリングの玉みたい。大理石だろうか？　かなり重そう。もうここでコーヒー出してくれたらそれでいい気もする。

と、書き込んでいたら、席が空いて本物のカフェへと案内された。待ち合い場所の10倍くらい広く、アールヌーボー調のシャンデリアがいくつもぶら下がっていた。

一回、中に入ってしまえばとたんに緊張も薄らぎ、

「ここさ、気軽に使えそう〜」

な〜んて言っているのだった。

〝実態がよくわからない〟が、〝全体が把握できた！〟に変わると、人って強くなるようである。

# 台風の夜に

雨が降り出した。

夕方の6時過ぎ。台風が東京にも近づいているらしかった。

わたしは自宅の仕事机でこうしてパソコンに向かっている。

パソコンの横にはコーヒーカップがあり、3時にいれたコーヒーが5ミリくらい残っている。

なにを書くか考えずにパソコンに向かうことはない。ただ、ごくたまに、向かいたくなることもある。それが今であった。

最近のことを考えてみる。

昨日の夜は映画を観に行った。映画のあと居酒屋に行った。揚げたとうもろこしがおいしくておかわりしようか迷ったが、居酒屋で同じメニューをおかわり、ってなんかちょっと照れくさくてやめた。昨日の朝食にも蒸したとうもろこしを食べているので、わたしは相当とうもろこしが好きなようだった。

おとといはジムのヨガクラスに参加したのだった。ヨガの最中、

「このポーズを覚えて、あとでひとりでやりたい」

と思うのだが、いざ寝る前に布団の上で試そうとすると、ちょっと違うのである。手の位置とか顔の向きとか。

その前の日は、友達と中華料理を食べに行った。2年ぶりくらいに会う友である。中華のあとは、できたばかりのめちゃくちゃオシャレなカフェにも行ってみた。

わたしたちはオープンテラス席に案内された。テーブルの上には揺れるキャンドルの炎。友はモヒートを飲み、わたしはハイボール。

「ここにいたら、わたしたちもステキな夜を過ごしている人みたいに見えるのかな」

「見える……んじゃないかな」

ハイボールのあと、わたしはフレッシュスイカジュースを飲んだ。スイカ〜！　という味だった。

窓をたたく雨の音を聞きながら、ゆっくりと記憶をたどっていく時間。

時間。

パソコンの左に置いてある『三省堂類語辞典』で、「時間」を引いてみた。辞書で「時間」を調べるのは初めてだった。

ある幅を持った時の長さ。

という一文を見て、パッと頭の中に浮かんだ映像は浴衣の生地だった。仕立てる前の反物。それが、くるくると床に広げられて転がっていく様子。

わたしの反物は、どのくらいまで広げられたのだろう?

時計を見るとこの原稿を書き始めてちょうど1時間。すっかり夜になっていた。

# 夏の終わりの〝ナイトプール〟

夜の区民プールへ。

広々とした50メートルプール。その上には夏の夜空が広がっていた。

今年は久しぶりに水着を新調した。久しぶりというのは15年ぶりくらい。一夏に一度も着ないこともあるし、全然、傷んではいないのだけれど、だからこそ、このままいけば、もう一生、水着を買い替えることがないのかもしれないと淋しくなり、違うものも着てみたくなったのである。

水着売り場の若い女性店員に相談したところ、

「レース素材、結構、流行《はや》ってます」

と言われ、

「上下、別々に買うのも流行ってます」

と言われ、

「えー、全然、似合ってますよ?」

という言葉もすべて信じて購入した水着である。

さて、プールである。

年々、プールへの入り方が「温泉」みたいになってきている。水をかけつつ、そろりそろり。そして、一旦、首までつかったあと、

「あぁ、いい気持ち」

と言ってしまうのだった。

プールサイドにはビート板が重ねてあって無料で使うことができる。そのビート板で新しい遊びを発見してしまった。発見したのはわたしである。

まず、ビート板をぎゅっと両手で沈める。

そこに腰掛ける。

足をそっとプールの底から離し、椅子に座ってるようにバランスをとるという遊び(遊び?)。

これがなかなか難しい。しかし、慣れればぐらぐらせず、座ったままプールを漂うことができる。

「喫茶店でお茶してるみた〜い」

なんて言って、友人たちとプカプカ。

親子連れはビーチボールで元気よく遊び、カップルは浮き輪で愛を語らい、本気で泳ぎたい人は専用のレーンがあるので、そこでひたすら遠泳している。我々のグループはプールのど真ん中、ビート板の椅子でカフェトーク。

ミスチルの昔の曲が流れていた。

塩素の匂いと監視員の男の子たちの日焼けした顔。

ややセンチメンタルな8月の終わり。

提出しなければならない宿題はないはずなのに、やり残していることがあるような気持ちに。

帰り道、レースの水着が思った以上に水を吸い、肩にかけたバッグが重たかった。

2018

# やばいおやつ

スーパーのレジに並んでいるとき、前の人のカゴの中をちらりとのぞくのは楽しい。

今日ものぞいた。カゴの主はアラフォーの女性。

アボカド2個、ヨーグルト、スペアリブ、ぱりぱり昆布。

おおっ、ぱりぱり昆布？　おやつのようだ。どこのコーナーで見つけてきたのだろう。彼女の最近のブームなのかもしれない。

わたしの最近のブームといえば、喫茶店のトーストである。

たっぷりのバターにイチゴジャム。これを夜の7時くらいに食べるという、やばいブームだ。わかっている。このあと夕飯である。だから、トーストとコーヒーをこんな時間に食べてはならぬのである。なのに店に入って席に座るとつい注文してしまう。

罪悪感を減らすために、トーストを食べている間はイヤホンで英会話レッスンのアプリを聴くルールまでもうけているのであった。

トーストの前のブームは寒天だった。

果汁100パーセントのリンゴジュースをお鍋であたため、粉寒天を投入。よくかき混ぜつつ、沸騰したら容器に流し込み、そこに生のイチゴをごろごろ入れる。冷蔵庫で冷やしておくと、さっぱりおいしい寒天デザートの完成である。寒天のカリンコリンとした食感がくせになって、これを毎日おやつに食べていた。

おやつ。

字面を見ただけでおいしそうだ。

『ドラえもん』に出てくるスネ夫のおやつはいつも豪華だった。記憶が正しければ、しょっちゅうメロンを食べていた。

わたしは想像した。車が空を飛ぶような未来がやってきたとき、テレビに映った食べ物をひょいっと手に取って食べられればいいのになぁ！

2018年は残念ながらそこまでの未来ではなかったけれど、夕飯前にトーストを食べられるのは、なかなか愉快で自由であった。

# 夏服まとめ買い

夏物の服を買いに行く。ちょこちょこ服を見に行くのではなく、最近はシーズン前にまとめて買うことが多い。面倒だからというわけでもないのだけれど、楽だからというのはある。

デザインが違う白いブラウスを3枚。濃紺のブラウスを1枚、薄手のニットを色違いで2枚。それからデニムを1本購入。これらと既存の服を組み合わせ、秋までやりくりする予定である。ぱらぱらと買わないぶん割安なのではないかと思っているのだが、まとめて服を買うという行為はやはり高揚するもの。

「今日は服をまとめて買いマス！」

という湯気が頭から出ているのか、わたしの熱に店員さんのテンションも次第に高くなり、さっきのよりこっちがいい、こっちよりあっちがよかった、とふたりでてんやわんや。

ようやくレジでお会計となったときには旅行帰りのようなほどよい疲れ。

「疲れたでしょ？　ありがとね、いいの見つけてくれて」

店員の女性をねぎらうわたし。高校生のわたしが見たらどんなにびっくりするだろう？

DCブランドブームまっただ中だった高校時代。綿の白いペッラペラの雑なブラウスがDCブランドというだけで1万円くらいして、それを頭を下げて買わせていただく、くらいの雰囲気だったのを思い出すといまだに腹が立つわけであるが、それが時代というものなのであろう。

さて、買い物の後はカフェでひとやすみ。

SNSはなにもしていないし、ゲームもしない。されど、ついついスマホを手にとってしまう。なにで読んだのかは忘れたけれど、スマホをテーブルの上に出して本を読むのと読まないのとでは集中力も変わるのだとか？　たしかに、そんな気がする。

視界に入ると読書中もつい手が伸びる。なので、最近はカフェでもなるべくバッグに入れるようにしている。

カフェといえば、この季節。フレッシュマンたちの交流会のようなものをよく見かける。テーブルをつなげ、椅子をぎゅうぎゅうに寄せて語り合う様子はこそばゆくなるほど初々しい。

濃紺の真新しいスーツ。

わたしが、もう一生買えないものであるのだなぁと、まぶしく眺めるのだった。

# 真夜中の胸キュン

深夜のファミレスで漫画を読んでいるわたしは気ままだった。

レイトショーの映画を観たあと、最寄り駅に着いたのが11時過ぎ。小腹がすいたのでファミレスの階段をのぼりかけ、おっと、その前に何か読むものを買おうとTSUTAYAに寄った。

知り合いにおすすめされていた漫画6巻を大人買い。女子高生の胸キュン恋愛モノである。なんかさぁ、キュンとしたいねぇ、なんて話していたときに教えてもらったのだ。

「こちらの席でよろしいですか？」

ファミレスでおすすめされた禁煙席。隣には、何歳くらいだろう、60代後半の男性が座っていた。テーブルには、デザートを食べ終えた皿とドリンクバーの空のグラス。喫煙ルームにタバコを吸いに行くものだから、立ったり座ったり慌ただしい。

こちらの席はよろしくなかったな、と思いつつ、ナポリタンを注文し漫画を読み始めると、しばらくして男性は帰って行った。とたん、こちらの席でよろしくなった。

漫画のザラザラした紙の感触。

子供の頃、団地の廊下の階段で読んだ記憶がよみがえってくる。団地のコンクリートの廊下は夏でもひやりと冷たく、そこで「人生ゲーム」をすることもあった。

幼馴染みたちと「人生ゲーム」をしつづけていると、各々の「人生」の選択パターンが見えてくる。

すべての保険に入る子、チャンスがあれば「賭け」をする子、「賭け」は絶対にしない子、必ず大学進学コースを選ぶ子。

わたしはどうだっただろうか。保険にはそこそこ入っていた気がする。ゴール後に資産を計算すると、すべての保険に入り、大学進学コースを選んだ子がたいてい勝っていた。

漫画の紙の手触りから、小学生時代までタイムワープ。指先も思い出を持っているのだなと思う。

ファミレスのバイトの男の子は、靴のかかとをザッザッと引きずり、いかにも面倒くさそうに歩いていた。

その感じが、

「今、この場所にみごとに調和している！」

もはや心地よさすら感じていたのだった。

この夜は女性のひとり客が多かった。この夜だけではないのかもしれない。日付をまたいで1時を過ぎても、スマホを眺めたり、本を読んだり。わたしもそうだが、みな素の顔で超リラックス。

熱々のナポリタンを食べつつ青春漫画を読み、真夜中にキュンキュンした。

歯科検診、くつしたを
裏返しにはいていた。

2019
Z Z Z

# 入りたくなるカフェの秘密

オシャレなカフェがあった。オシャレなのにいつも客がいなかった。ソファ席もある。観葉植物もある。客だけが不在。なぜか入ってみる気がしない。そう感じていたのがわたしだけではなかった証拠にあっという間に閉店していた。

オシャレというわけではないのに入りたくなるカフェもある。テーブルのぐらぐらを厚紙で調整している。隣の席の人の会話は筒抜け。出される軽食は可もなく不可もなく。でも、なんだか入りやすい。店は他にもたくさんあるのに、ついドアを開いてしまう。不思議だ。今日も入ってしまった。わたしのような客で店は相変わらず混み合っていた。

美人というわけではないけれどモテる人もいる。一定数いる。小学校の同級生にもいたし、中学校や高校にも必ずいた。性格がいいからモテるとかそういう話ではなく「美人」としてモテているのである。

あれは一体、どういうことなのか。その仕組みさえわかれば……と雰囲気美人を盗み見するも、いつの間にか「やっぱり美人なのかも」と思わされている不思議。雰囲気美人に年齢制限はないようだった。

『ナンシー関のボン研究所』（角川文庫）でコラムニストのナンシー関さんが、いとうせいこうさんの50の質問に答えられている。タレントがどう振る舞えば売れると思うかという質問に、ナンシー関さんは、納得はいかないが、という一言を添えつつ、「〝売れてる〟ように振る舞えば、〝売れる〟という傾向があると思う。」と答えられていた。

ということは、モテてるように振る舞えばモテる。そういうことなのかもしれぬ。判明しても課題は残っている。モテてるように振る舞うテクニックとは？？　それがわかる人のカフェは、なんだかいつも混んでいそうである。

## スマホでASMR

無性に食べたくなるもののひとつにフレークがある。甘いコーンフレークの冷たい牛乳がけ。

あの食べ物の音の楽しさはなんなのだろうか。

シャクシャクシャクシャクシャクシャク。

自分の耳にダイレクトに響く愉快な音。どこから聞こえているのか、と考えるために今、実は食べながらパソコンに向かっているのであった。

シャクシャクシャクシャクシャクシャク。

鼓膜のあたり？　世界の外側と内側のぎりぎりの場所からその音は聞こえてくる。

この音を楽しいと感じるのは、一体、なんの楽しさなのか？

食べる音といえば、YouTubeにアップされているASMR。人が食事をしているときの音、要するに咀嚼音《そしゃくおん》を聴くだけの動画である。そういうものがあると知ったときは、

「えっ、なんのために？？」

と不思議だったが、実際に観てみたところハマってしまった時期があった。ヒマさえあればスマホで咀嚼音。

咀嚼音にもいろいろあり、氷をバリバリ嚙《か》む音から、アロエのようなやわらかいものを嚙む音までバラエティに富んでいる。わたしがもっとも反応したのは女性たちが食べるフライドチキン音だった。衣はサクサク、中はジューシー、なのが画面越しに伝わってくるのがなんとも楽しい。やめられない。彼女らは10本くらい平気で食べるので、それをひたすら拝聴するわけである。

サクサクサクサクサクサク。

ジュワッジュワッ。

ソファに寝転びながらぼんやりと聴くそれらの音は、自分の中のなんらかの欲求を満たしてくれた。なんらかのというか、たぶん食欲である。揚げ物をこんなにたくさ

ん食べたらアカン！　と自分を制して暮らしている身としては、「わたしのために食べてくれている……」というありがたい感覚になるのである。

どーゆー感謝や！

と自分にツッコミつつ、おいしそうな音やなぁと見つづけていた。が、すでにわたしの中のブームは収まっている。

はて、コーンフレーク牛乳がけのＡＳＭＲもあるのだろうか？

久しぶりに検索してみた。あった。結構、シャクシャクやっていた。人のシャクシャクは、自分のシャクシャクより当たり前だが遠かった。

# いるのにいない

6月は3つの展覧会へ。

まずは六本木の森美術館の「ムーミン展」。閉館50分前に滑り込んだせいかさほど混んでおらず「ひとつひとつの絵をじっくり観られる〜」と思って館内を進んでいたところ、係の人からデカい声で案内があった。

「ここから先、まだ500点の展示があります！」

マジデスカ。あと40分しかない。さくさく観ていく。

作品は名刺サイズほどの素描が多く、みな絵に大接近して観ている。その結果、入ってはいけない足元の枠線からがんがんはみ出している人が続出していた。

小さい絵を観るのは楽しい。作家が作品に向かっているときの、その個人的な距離感を味わえる。

壁にムーミンたちの影絵が映し出されていた。ひょこひょこ動く単純な影絵なのだが、

「影絵もよかったね」

会場を出たあと、一緒に行った友人らと真っ先に言い合ったくらい印象的だった。影絵。

あのちょっと怖い感じ。いるのにいない。いないのにいる。そして黒い。

ふたつめの展覧会にも影絵があった。国立新美術館の「クリスチャン・ボルタンスキー展」。1944年生まれのフランスのアーティストである。

『幽霊の廊下』は、長い廊下に幽霊たちの大きな影絵がゆらゆら揺らめいている作品だ。影絵のガイコツたちはなんだかちょっと楽しげで、前を通り抜ける来館者たちに、

「そっちの世界は大変ですなぁ」

と語りかけているようだった。

ボルタンスキーの作品の中に『心臓音』がある。録音した人間の心臓音を点滅するランプに合わせて聴かせるという作品である。

わたしも何年か前に自分の心臓音を録音した。香川県・豊島《てしま》にボルタンスキーの小さな美術館があり、来館者は自分の心臓音を録音することができる。そして、それは永久に保存される。今回の国立新美術館の展覧会ではボルタンスキー自身の心臓音が流されていた。

そうだった、「ムーミン展」のあと、併設のカフェで友人らとムーミンデザートを食べたのだった。ムーミンの家を再現した真っ青なゼリーがあった。地球上には存在しないであろう色の食べ物だったが、「ムーミン」という架空の生物の展覧会には必要なデザートなのかもしれない。

3つめの展覧会はフィンランドの作家「ルート・ブリュック展」。陶板、いわゆる焼きもの絵画である。ライオンや鳥がモチーフのかわいらしい作品が多く、ひとつもらえるとしたらどれを家に飾りたいかなぁと観るのは愉快だった。

# カレーの話

カレー食べに行こうよ。

という話になったとき、昭和の時代ならば「どの店にしようかね」となるところであるが、今の時代はどのタイプのカレーかを擦り合わせなければならない。

欧風カレーもある。スープカレーもある。キーマカレーもあるし、スパイスカレーなるものも人気のようだ。

インドカレーも細分化されている。この前、並んで食べたのは南インドカレーだった。昼時をさけて行ったのにまだ行列になっていた。カレーの匂いを嗅ぎながら腹ペコで待機するのはなかなかツライものである。

順番がきて席についた。ミールスというのを頼んだ。大きなお皿（ターリ）にちょこちょことカレーやスープ、サラダの小皿（カトリ）がのっているプレートセット。

テーブルに置いてある説明書きを見て初めて知ったのだが、このミールス、まず大皿から小皿を全部外に出すらしい。でもって、中央のごはんに小皿のカレーを次々かけながら食べるのだそうだ。ヨーグルトの小皿もあったがそれも混ぜてよいらしい。やってみたら楽しかった。大皿の上は自分カスタマイズカレー。食べ進むにつれてどんどん味が変化していく。南インドカレーは全体的にあっさりしていた。

カレー。

給食でも一番盛り上がったメニューである。カレーの日は、なぜかコッペパンではなく食パンだった。食パンにカレーをサンドする子もいた。わたしはつけながら食べた。

実は今、スペイン料理をおなかいっぱい食べて帰ってきたところ。なのに、こうしてカレーのことを書いていると、カレーを食べてきたような気になっている。疑似カレーのおなかをさすり、カレーおいしかったなぁと口に出してみたら、もう完全にカレー味の口になっていた。

# 飛んだかき氷

かき氷が空間を飛びまわっている。

昨日も飛んできた。わたしのスマホに。こんなかき氷食べましたお知らせがやってくると、食い入るように眺めてしまう。

スマホに届いたそのかき氷の写真は、桃のシロップの上に砕いたチョコレートがふりかけられていた。

かき氷の上に固形物。

「さもありなん」

もはや驚くこともなく、ただただ「おいしそう〜」である。

最近は仕事の打ち合わせも、かき氷がある店にしよう！　なんてことになっており、先日、意気揚々と出かけたカフェのかき氷は、五感を刺激する新感覚のかき氷という触れ込みだった。途中でパウダーをかけると味が変わったり、さらにそこからマジックフルーツという実を食べてもう一度違う味わいを体験できるらしい。パチパチはじけたりもするそうな。汗をふきふき行ってみれば、五感を刺激するかき氷は売り切れであった。どうやら、みな五感を刺激したがっているようだった。

かき氷はまだまだこの先進化しそうである。

## 銀行に行ったのち

気になっていた展覧会に行くことにする。

暑い中外に出るのだし、ついでの用事も済ませたい。夏の億劫《おっくう》な用事ナンバーワンは銀行である。銀行の窓口は3時に閉まる。夕方、ちょっと涼しくなってから……ということができない。

というわけで美術館の前に銀行へ。いつも行く店舗なので、馴染みの行員さんたちがいる。馴染みといってもこちらが顔を認識しているだけで、世間話をしたこともない。粛々と用事を済ませ、電車に乗って美術館へと向かった。

到着する。展覧会のタイトルが違う。やばい、ここの美術館じゃなかったっけ？スマホで確認。間違えていた。わたしが観たい展覧会は別の美術館だった。

でも、まぁ、こっちはこっちでおもしろそうなので観て帰ろうと入り口に向かうと「本日休館日」の札が……。

わたしは夏の空を見上げた。

このまま家に帰ると、家の近所の銀行へ行ったあと電車に乗っただけの人になってしまう。

これから本来行きたかった美術館に行こうか。それとも他に名案はあるか。5分ほど自分と相談し結論にたどりつく。シュークリームを食べよう。

10分ほど歩いて「青山ガーデン 銀座ウエスト」へ。

広々とした店内。空いている窓際の席に通された。シュークリームを食べようと決めてきたのに、たまごサンドイッチにも心が揺れる。あと、ホットケーキも。この3つがちょっとずつ食べられるセットがあれば週一くらいで通ってしまいそうだ。

シュークリームと紅茶を注文し、英会話レッスンの宿題にとりかかる。

今日の宿題は道案内。道案内の勉強をしているときのわたしの脳内には架空の外国人旅行者がいる。彼らはわたしに道を教えてほしいと言うのだが、難しいことは一切聞《き》かない。まっすぐ進んで右に曲がる、くらいで済むような場所しか探していないのだ。

しかし、実際の外国人旅行者は思いがけないことを聞いてくる。

そのビル知らん！

というような地味なビルを探している人もいた。地図を見てみると、地下道から何番出口の階段を上がり大通りに出て……みたいな。まっすぐ進んで右に曲がる、くらいの場所を聞いてくれればわたしも役に立つのに。

しばらくしてシュークリームがやってきた。生クリームとカスタードの2層である。本当は生クリームだけのがよかったのだが、本日売り切れ。いやしかし、食べられただけでありがたかった。

寝る前に浮かんだアイデア
だいたい忘れている。

## 一番寒くない席

暑い。カフェに入る。

「お好きな席にどうぞ」

と言われて店内を見回す。いや、見上げる。クーラーの風が直撃しない席をすばやく探さねばならぬ。

よし、あそこだ。

目星をつけ着席。しかし、思わぬところに別のクーラーが設置されていることも多く、しまった、この席めちゃ寒いやんか……と頭を抱えるのだった。

ここから先は2通りある。ひとつは耐える。薄手のストールをカバンに入れてあるのでそれを羽織ってなんとかしのぐ。

もうひとつは席を変わる、であるが、その場合、むろんチャンスは一度だ。座っては移動、座っては移動となればお店の人も「ええから、早《は》よして」とイラッとくるであろう。

それでこの前、勇気を出して聞いてみたのだった。

「この席ちょっと寒いんで移りたいんですけど、一番寒くない席ってどこですかね？」

お水を持ってきてくれた女性が、「えーっと」と店内を見回してくれているときに、大学生風の男性スタッフがスタスタやってきて言った。

「こちらへどうぞ」

案内されたのは窓側に並んだ3テーブルのうちの中央の席だった。

「ここです」

彼はきっぱりと言った。

座ってみた。ホントだ、無風。むろん店内は十分涼しいので暑くもない。ありがとうございますと礼を言い、ホットコーヒーを注文した。

わたしは持参した津村記久子さんの小説を読み始めた。久しぶりに読み返す大好きなその本のタイトルは『この世にたやすい仕事はない』である。

主人公の女性は、心穏やかかつ淡々とこなせる仕事を求めている。そんなリクエストに沿う職業を紹介されていくつか試してみるのだが、たとえば「作家の一日」を見張る仕事だとか、路線バスの車内広告アナウンスを考える仕事だとか、淡々とはしているがちょっと風変わりな仕事なのである。わたしは小説を読みながら「寒くない席を見つける仕事」というのもこの物語に入るのではないか？　などと楽しくなっていたのだった。

さっきの彼は、クーラーの風が当たりにくい席を知っていた。似たような質問をされるものだから、食器を片付けつつ「こっちの席かな？　あっちの席かな？」と試しに座っていたのかもしれない。おとなしそうな青年であったが、彼は淡々と自分なりの熱心さで仕事をしていたのである。

きりのよいところで本を閉じ、レジへ向かった。改めてお礼を言いたかったけれど、閉じられた本の中に帰っていったかのように彼の姿はなかった。

# サンドイッチパーティ！

サンドイッチパーティをしよう！　となった。開催地は実家である。ようは親族の集まりなのだが、パーティと名づけるとなにやら楽しげである。

わたしが作ると手を挙げたものの、さて、ナニサンドイッチがよいのだろう？

ざっくりと具材は買った。形状を決めねばならぬ。三角にするか、四角にするか。作り始めてみればしゃれた感じにするのは意外に難しい。ランチタイムはせまってい る。母はお茶しに行った。わたしひとりで大丈夫と言ってしまったことを後悔してももう遅い。

こうなったらオープンサンドだ。花見に持っていくわけではないのだし、切った食パンを皿に並べ、ツナサラダ、タマゴサラダ、コールスローサラダ、具材をちょんちょんとのせればよいではないか。

完成する。見た目もギリギリパーティ風だ。

一番人気があったのはチョコレートのオープンサンドだった。おいしい、おいしいと大好評。最後のひとつは取り合いになったほどである。おいしかったのならよかったが、でも、それ、食パンに板チョコ置いただけなんですけどね……。

このサンドイッチといえば、キューカンバーサンドイッチなるものがあると知ったときは驚いた。東京のしゃれた場所にあるしゃれたパン屋のショーケースに並んでいた。このサンドイッチ、キュウリしか入ってないんやけど？

とポカンとし、そこそこ高かったので二度ポカンとした。具がキュウリだけ。一体どういうことか。イートインコーナーがあったので食べていくことに。

京都の舞子さんたちがおちょぼ口で食べられるくらい細くカットしてあるキューカンバーサンドイッチ。一口食べる。マヨネーズは使っていないがほどよい酸味。ザクザク食べる。くせになる歯ごたえ。めちゃくちゃおいしい。イギリスの貴族が好んで食べたというこのサンドイッチはなかなか売っている店がないのだが、自分でテキトーに作るとあの最初の感動が薄れてしまいそうなので禁じている。

ちなみに、実家のサンドイッチパーティではキュウリ嫌いがやたらと多く、唯一、手間をかけたソーセージのスライスキュウリ巻きロールサンドイッチはほぼ手つかず。しょうがないので容器に詰め、東京に戻る新幹線の中で残りを食べた。しゃれたパン屋のキューカンバーサンドイッチが恋しかった。

# 同じ場所で

『エイス・グレード』という素敵な映画を観た。主人公はアメリカの女子中学生、ケイラ。卒業を前に地味で目立たない自分を変えたいと思っている。YouTubeを始めたり、イケてるクラスメイトと仲良くなろうとしたり。明日こそ新しいわたしになるんだとベッドに入るけれど、やってくるのはいつもと変わらない今日だった。

この映画を観て自分とは関係ない物語だと言い切れる大人っているのだろうか。性別に関係なく自分の青春だと思えるんじゃないか。

映画を観た夜、何十年ぶりかに中学時代のサイン帳を開いてみた。

卒業間際に友から贈られた言葉には「仲良くしてくれてありがとう」を軸にいくつかのパターンがあった。

1　卒業しても遊ぼう！
2　わたしのこと忘れないでね！
3　またいつか会えるといいね！

3に関しては会う気などさらさらないわけだが、わたしが気になるのは2であった。わたしのこと忘れないでね！

とはどういうことなのか。

「汚れた大人になってしまったとしても、今のわたしを覚えていてくれる人がいるなら救われると思うから」

もしかすると、これくらいの感情をわたしたちは色鉛筆でさらりと書いていたのかもしれない。

忘れないで。

メッセージをもらっているのに完全に忘れている子もそこそこいる。むろん、わたしもまた忘れられているはずである。忘れられる心地よさもまた大人ならでは。

卒業後何度かしか遊ばなかった子も、忘れてしまった子も、二度と会うこともなかった子も。

つかの間、同じ場所で、同じ空気を吸って未来を夢見ていた。わたしたちは今もどこかでそのとき吸い込んだ空気を吐き出しながらフーフーと駅の階段をのぼって生きているのである。

# 嬉しい悩み

すごい栗のパウンドケーキを買ってしまった。

まず値段がすごい。レンガ大の大きさで5000円くらいするのである。切り分けるとだいたい5等分なので、一切れ千円。

値段もすごいが、中身もすごい。

「ケーキの70パーセントが茨城県産の新栗で出来ている」

というのである。

70パーセントが栗ということは残りの30パーセントがケーキの材料なわけで、しかし小麦粉は入っていない。生地は主にアーモンドプードルなのだという。

持つとズシリと重い。如実に体重に反映しそう。でもいいや。栗好きの身である。

この季節にしか食べられない栗のお菓子をがまんしてまで守るべきものもない気がした。

食べてみた。

ほぼ栗だった。栗本来の甘さが際立っている。フォークでさすとほろりとくずれやすいが、口に入れるとしっとり。とはいえしっとりしすぎてもおらず、栗独特のもふもふ感が口の中に広がる。

秋に出回るたくさんの栗のお菓子。栗のお菓子でもっとも大切なのは「栗の自然な甘味」が感じられるかどうかにかかっている、とわたしは思う。砂糖で甘くしすぎると栗がぼやけてもったいない。

栗の自然な甘味が重要ならば、いっそ茹でた栗を食べればよいではないか？

そうなのである。究極の栗のデザートとは、わたしの中では茹で栗であった。

しかし、なかなか売っていない。焼き栗はあっても茹で栗は見ない。自分で茹でるのは案外手間がかかるから億劫で、先日、出先の八百屋に熱々の茹で栗が売られていたときには小躍りしてしまった。近所なら毎日でも買いたいくらいである。

栗。

小学校から帰って、茹で栗がザルに山盛りになっているのを発見したときのあの嬉しさ。包丁で半分に切ってくれていたので、それを先のとがったスプーンでもりもり食べた。人差し指と親指でOKの形をつくり、そこに半身の栗を入れる。あまりにも指と栗の形状がぴったり合うので、「神さまが栗を食べる用に考えてくれたのかな?」と思ったものだった。

さてさて、栗のパウンドケーキ。最初のうちは大きくカットしていたが、半分を過ぎたあたりから薄くカットして大事に食べている。最後はコーヒーか、あるいは濃いめのほうじ茶で合わせるか。つかの間の嬉しい悩みであった。

スマホの古いメモを削除中、
ナゾのメモが見つかる。

2020 

# 自由にのびのび作ってみた

文房具を買いに行き、ふと目にとまった紙粘土。

なにか作ってみたい。

そんな気分になり、ひとつカゴに入れてお会計。１００円もしなかった。

夕飯のあと、テレビを観ながら紙粘土をこねこね。作るものは決定した。ペン立てである。

パソコン机の上のペン立ては、ずっとプリンの空き瓶を使っていたのだが、ある時、紙コップで充分じゃないか？

と思い、以来、紙コップがペン立てであった。

さて、紙粘土ペン立てである。

久しぶりに紙粘土を触る。ひんやりと冷たい。これをどんな形にだってできるという自由。粘土ほどのびのびした画材はないと思う。

絵で立体を描くときは立体に見えるよう考えることがたくさんあるけれど、粘土には関係ない。

「粘土ランド」なるものができたら絶対に行ってみたい。プールほど広い場所に、これでもか！　と粘土が敷き詰めてある。来場者はそこで思う存分粘土遊びができるのだ。

なにを作ろうか。

小屋を作るのも楽しそうだ。

自分ひとりがすっぽり入れるような。閉園時間になるとそれらをぶっつぶして帰るのであるが、それもまた楽しそうである。

紙粘土ペン立ては猫型にしてみた。

最近、近所でよく見かけるミケ猫柄。立てるペンは一本か二本なので、それなら猫にも負担にならぬであろう。

乾燥させ、色を塗り、電話の横に置いてみた。
紙粘土ミケ猫ペン立てはなぜかちょっと所在なげな顔をしている。
まるで「いつか捨てるんでしょう？」と言っているようだった。

# 二番目に欲しかったもの

ハンモックというものに長らく憧れていたのであるが、どう考えてもうちには設置できないので、その次くらいに欲しいと思っていたモノを注文したのだった。

ロッキングチェアである。

ネットで調べてみれば、アウトドア用なら5000円ほど。場所も取らないし、持ち運べるし、ベランダでも使えそうだ。いやしかし、のんびり読書できるようなどっしりしたものも欲しい。迷った末にどっしりタイプに決める。山形の天童木工のロッキングチェアである。

家にいる時間が長くなり、積《つ》ん読《どく》だった本にも手が伸びる。これでロッキングチェアが加われば、あっという間に本が足りなくなってしまうかもしれない。

しばらくしてロッキングチェアがやってきた。ロッキングチェアだけをゆったり置くようなスペースがあるはずもなく、食卓の椅子を一脚どけてロッキングチェアを仲間入りさせた。

食卓にロッキングチェア。かなり不自然である。完全に浮いているが夢を叶《かな》えたのだ、これくらいは我慢である。

座ってみた。ほどよい揺れだ。もっと深く後ろに倒れるのかと思っていたのだが(寝転ぶくらい)そこまででもない。ただ、思いっきり体重をかければグワンと倒れるので、しばらくグワングワンさせて楽しんでいたら酔いそうになった。

子供時代、公園にやたらとあった「回転ジャングルジム」。あれも長く乗りすぎて具合が悪くなったものだった。なぜか延々と回りつづけていられる子もいて、

「あいつ、すげぇ」

と、みなに一目置かれていた。どんなことでも尊敬されるのはすばらしい。わたしはあの子になりたかった。

さて、ロッキングチェア生活である。食卓に置いたので、食後に移動し、ただテレビを見るために座っている。そしてときどきうたた寝している。

# 未来の自分へのプレゼント

我が家の冷凍庫がにぎわっている。

いまだかつてないほどパンパンにモノがつまっているのを見て、改めて非常事態であることを思うのだった。

コロナ以前は「冷凍庫って二段もいらんな」と二段ともガラガラだったが、今は「三段あったらアイスクリームだけの部屋が欲しい」くらいの勢い。コロナ禍のステイホームで買い物の回数を減らすと、やはり一度の買い物の量が増え、購入した野菜の半分近くは冷凍保存にまわすことになる。

ネギ、きのこ類、小松菜、白菜、ピーマン、たまねぎ。

カットしてジップロックに入れて冷凍庫へ。この作業は面倒であるが、料理するときはめちゃくちゃ便利なので、未来の自分へのプレゼントと思いがんばっている。

プレゼント感がより大きいのは果物の冷凍である。

冷凍バナナは豆乳&メイプルシロップとミキサーにかけてジュースに。

ブルーベリーはヨーグルトにトッピング。

凍らせてそのままデザートになるのはブドウである。シャインマスカットが特売のときはいそいそと買って皮ごと冷凍。「アイスの実」みたいに食べている（どーでもいいがパソコン変換が「社員マスカット」になった）。

新発見があった。冷凍サクランボである。種をとって冷凍してみたところ、ブドウと同じくカチカチに凍らずシャーベット状に。食後、温かい紅茶と一緒にシャリシャリ食べれば手作りデザート感覚である。

もうずいぶん大好きなデパ地下に行っていない。そろそろ桃のデザートが並び始めているんだろうか。桃を凍らせたことはないけれどたぶんカッチカチになりそうなので、牛乳&はちみつでミキサーにかけ、スムージーっぽく飲んでみたい気がする。この夏、冷凍庫はずっと密になりそうだった。

# アドベントカレンダー

アドベントカレンダーを買った。

言わずもがな、クリスマスまでの日程を数えるカレンダーである。

言わずもがな、と書いたわりにわたしは最近まで「アドベンチャーカレンダー」だと思っていたし、実際、どこかでそう口にしていたような気もする。

毎日ひとつめくる数字の箇所。その下にどんな絵が描かれているのかわからない。「それって冒険！　アドベンチャー！」と感じた自分を否定したくはない。が、やはり正解はアドベントであった。

わたしが買ったアドベントカレンダーは、毎日、ひとつお菓子が出てくるというものだった。

12月1日

わたしは「1」の数字の場所をめくった。小さなチョコレートが出てきた。毎日いろんなお菓子が出てくるんだな〜と楽しみにしていたのだが、今頃になって裏の原材料を確認したら全部チョコレートのようだ。ということは、わたしはこれから25日間チョコレートを食べつづけるということであった。

痩せたいと思っている。

常々思っている。

痩せても別にステキなことは起こらないよな、とも思っているし、これが痩せる努力を阻《はば》んでいるに違いないとも思っている。

そして、毎年、この季節になると、来年はどんなダイエットが流行るのだろうと思っている。

2020年はなんだったか。味噌汁《みそしる》だっけ？　ふくらはぎを揉むんだっけか？　やってないから記憶がぼやけているが、とにかく来年こそは「ただ念じるダイエット」がキテほしいと思っている。

痩せたい、痩せたい、痩せたい。

脳内で唱えるだけで、あるいは実際に唱えるだけで痩せる。そんなダイエットを待ちながら、アドベントカレンダーを眺めている。

# ムーミンマグカップ

自分へのクリスマスプレゼントを買おうと思い立ち、さてナニにするかと考え、やっぱりアレ買おう！　ということになった。

ムーミンのマグカップである。

フィンランドに旅するたびにアラビア社のムーミンマグカップを土産に買おうかと手に取ってはいたのだが、

「いや、マグカップは家にあるし」

言い聞かせて棚に戻していた。

小さな食器棚である。新しいものを買うときにはどれかを処分せねばならぬ。しかし、いまのところ処分するものがないのである。

それで、改めて食器棚を開いてみた。わたしはひらめいた。冷蔵庫にあるマヨネーズ立てとケチャップ立てを古いマグカップにすればよいのではないか？

というわけで100均で買ったマヨネーズ立てとケチャップ立てを処分し、これまで使っていた2個のマグカップを冷蔵庫へ。解決したのでいよいよムーミンである。

さて、アラビア社のムーミンマグカップ。ネットで検索してみればいろんなデザインがあった。

絵柄で決めるか、はたまた色で決めるか。

わたしは色の気分。ピンク色のカップでホットコーヒーやホット豆乳を飲んだらおいしそうだなぁと思ったわけである。

ピンクにも濃淡があり、ミムラねえさんは濃いめのピンク。

直感でいいなと思った淡いピンクのムーミン&スノークのおじょうさんに決める。

ついでだし誰かのクリスマスプレゼントも一緒にポチろう。

ムーミンシリーズのマグカップどれが欲しい？

妹にメールする。すぐに「ムーミンハウスがいい！」と返信があった。青いムーミンハウスがそのままカップになったかわいいデザインである。確か、このムーミンハウスマグカップには紙の屋根がついているはず。フィンランドではそんなふうに売られていた。うちの彼にもどれがよいか聞いてみると、飛行おに（ホブゴブリン）とのこと。飛行おに？　知らない。ムーミン公式サイトで調べたところ、

「人の願いをかなえることができる、不思議な力を持った魔法つかいです。黒ひょうにまたがって空を飛び、世界でいちばん大きなルビーの王さまを探しています」

とある。よい機会なので、マグカップをポチったあと書店にムーミンを買いに行った。講談社文庫　新装版『たのしいムーミン一家』のカバーには飛行おにが座っていた。

年々、街でのひとりごとが
増えている。

2021

# 絶対失敗しないお菓子作り

シュークリームを手作りしていた頃があったのだ。今となっては幻影のようである。10代の終わりだっただろうか。カップケーキやパウンドケーキをよく焼き、その流れでシュークリームも作っていた。

わたしが台所に立っていると、

「今日はなに作るん？」

などと家族にも楽しみにされたものである。

月日は流れ、現在のわたしにとってお菓子とは「買うもの」でしかなく、その理由は「うちに電子レンジがないから」もあるが、やはり「面倒くさいから」である。

とはいえ、この頃作っているお菓子がある。

きっかけは去年の節分。豆まきの豆を買ったものの、イベント後はなかなか減らない。豆のイソフラボンは肌にも良いらしい。摂取せねばという気持ちはあるが、あの豆をおやつとして食べるにはもの足りない。

それで、チョコレートで固めてみることにした。湯煎《ゆせん》したチョコレートの中に節分の豆をドバッと投入し、スプーンでさっくりと混ぜる。それを一口サイズずつクッキングシートに並べて乾燥させれば名もなきチョコレート菓子の完成である。イソフラボンは摂取できるし、チョコレート菓子としても楽しめる。そのチョコレートもカカオ72パーセントのだからヘルシーだ。

以来、節分の豆以外にもクルミやアーモンドなど様々なナッツ類をチョコでコーティングして楽しんでいる。

さて、家にリンゴがあった。

これもチョココーティングできるだろうか？

皮をむき、カットし、湯煎チョコレートに投入してみた。生のリンゴは水分が多く、チョコがうまくコーティングできなかった。チョコの間からリンゴがまだらに見えている。冷蔵庫で冷やせばなんとかなるかなとやってみれば、リンゴの水分が蒸発し今度はシワシワに。不気味だ。デザートとは思えないモノがそこにあった。

　これをさらに凍らせたらどうなるのか？

　やるしかあるまい。やってみた。食べてみた。それなりにおいしかった。半分凍ったシャリシャリのリンゴと、パリッとしたまだらのチョコが合うのである。ただし、手間がかかる上に見た目がアレなので二度と作ることはないだろう。

　冬のフィンランドを旅したときだった。

　チョコレート屋さんのカフェのショーケースにイチゴのチョコがけが並んでいた。暖かい店内で温かい飲み物と一緒に食べたときの幸せが忘れられず、イチゴのチョコがけは家でもたまに作る。これは絶対に失敗しない。

# 2021年我が家のスパイスカレー

散歩の途中にカレーを買った。スパイスから作るカレーキットである。材料を見ると豚ひき肉と茄子とあったので、肉屋さんに寄り豚ひき肉400グラム、その先の八百屋さんで茄子を一袋購入。

夜、さっそくカレー作り。マリメッコのエプロンをつけレシピどおりに進めていく。そういえば昔、英会話の先生に「レシピ」の発音を注意された。先生は「レスィピ」と言っているように聞こえた。

さて、はじめに小さめにカットした茄子を油で炒め、取り出しておく。つづいてフライパンに油をひきキットに入っていた香辛料を炒め、香りがしてきたら鷹《たか》の爪、にんにく、しょうがのみじん切りを入れる。

「えーっと、次は……」

レシピを見ると「トマトの水煮」とあるではないか。完全に見落としていた。トマトピューレがあったので水で溶き、生のトマトをカットして代用。さらにピーマンも必要だったのだが、それは冷凍していた赤ピーマンで事なきを得る。付属のスパイスを入れ、しばし火にかける。豚ひき肉を投入し、さらに10分ほどぐつぐつ。

カレー。

子供の頃から大好物。家は団地の3階だったのだが、学校から戻り階段をあがっているときにカレーの匂いがすると、

「うちでありますように！」

と祈ったものだった。

実家のカレーにはなんのこだわりもなかった。じゃがいも、にんじん、たまねぎ、牛肉。あとはルゥまかせ。次の日のカレーがおいしいとよくいうけれど、わたしは初日の食卓にのぼる前の「味見」のカレーが一番おいしいと思っていた。まだ少しサラサラしている感じ。母に小皿によそってもらい、台所で立ったまま食べた。

時は流れ2021年のウチのスパイスカレーは、仕上げに炒めておいた茄子を加え

て完成した。なかなか本格的で、辛いけれどひき肉と茄子で中和されしっかりとした旨味。おいしくて途中で追いカレー。また買ってきて作ろう、今度はトマトのホール缶も用意して。ただし、子供の頃のわたしがこれを食べたとしたら「これは本当のカレーではない」と首を振るに違いなかった。

# 冬のココア

そうだ、おいしいココアを飲もう。

思い立ってココアを買いに行く。あった、缶入りのバンホーテン。正式名は「バンホーテン ピュアココア」。

これを買ったのはいつぶりだろう?

かれこれ10年は買っていないと思う。数えたことはないが、我が人生で3個目くらいである。

初めて飲んだココアは森永のミルクココアだった。森永製菓のホームページで森永の歴史年表を見たところ、最初に発売されたミルクココアは1919年とある。100年以上昔である。つづいて森永のココアのレシピページに飛んでみれば、有名パティシエによる新しいココアの飲み方が紹介されていた。

気になったのは「山椒《さんしょう》の純ココア」。森永純ココアと山椒の粉のコラボレーションである。山椒風味のチョコレートを食べたことがあるけれど、山椒のぴりりがアクセントになりおいしかった覚えがある。ココア&山椒。ちょっと試してみたい。せっかくなので次は森永のココアを買ってチャレンジしてみよう。

ところで森永の歴史年表を眺めていて、

「あっ、これ、めちゃくちゃ懐かしい」

という商品を見つけた。子供の頃に大好きだった「パティ&ジミー キャラメル」である。サンリオキャラクターのパティ&ジミーのイラスト入りで、いわゆるオマケ付きというやつ。オマケの箱がキャラメル本体の箱と同じくらいデカくて、開封するときのわくわく感といったら！ 集めて大事にしていた。

いろんなものを処分して大人になった。ランドセルやハーモニカ。縦笛や絵の具セット。卒業証書も捨てたような気がする。けれど、森永の「パティ&ジミー キャラメル」のオマケは残しておきたかったと今になっては思う。誰とも分け合えぬ小さくて楽しい時間があのオマケには含まれていた。

話は戻りおいしいココアを飲もう、である。缶入りのバンホーテンの後ろに書いてあるレシピどおりに作ってみた。

手なべにココアを小さじ山盛り2杯。砂糖も同じく山盛り2杯（砂糖2杯は勇気が出ず、ちょい少なめ）。少量の牛乳を加えてペースト状になるまで練る。中火にかけて少しずつ牛乳を足していけば完成である。

おいしい。すごく。ほっこり。

濃厚で香り豊かなココアを飲んだ冬の夜だった。

たまにある。
玉ねぎを炒めるのを忘れて
カレーを 作る。

# ２００円分の自由

１００均に行き、買うと決めていたものだけを買って帰ることができる人っているのだろうか？

買っときなヨ！　１００円だし。

という脳内の声に操られ、気づくといつも買い物カゴがいっぱいになっている。

昨日は台所用のスポンジを買いに１００均ショップへ。案の定、お風呂場スポンジ、消しゴム、洗濯バサミなど急を要していないものがカゴに入れられていった。

紙粘土が目にとまった。

あれを作ってみようか？

思い立って２個カゴへ。

あれとはお雛様である。

子供時代、我が家には雛人形がなかった。その代わり、父が買ってくれた日本人形があった。

大きな箱を抱えて帰ってきた父は本当に嬉しそうだった。

「人形買《こ》うてきたぞ」

玄関を入ってすぐのトイレの前で、父はガサガサと袋を開けた。

それはわたしが楽しみにしていた人形とは違った。四角いガラスケースに入った着物姿の女の子。ポーズをとってガチガチに固まっている。手に持って遊べるタイプではないので正直、戸惑った。しかし、父があんまり嬉しそうなのと自慢げだったのとで、幼いなりに大げさに喜んでみせた。父は子供に気を使わせるタイプの大人だった。

その日本人形があったせいか、友達の家の雛人形をうらやましいと思った記憶がない。ただし、雛祭りだと呼ばれていった近所の子の家で甘酒を出されて意気消沈したのは覚えている。それまでの人生の中で、あれほど甘い物を飲んだことがなかったのである。

さて、１００均の紙粘土のお雛様。

スマホで検索した男雛《おびな》と女雛《めびな》の写真をもとに形づくること20分。しばし乾燥させた後、着彩に30分。色は今の気分で決めてみた。できばえはとにかく、こうしてわたしだけの雛人形が２００円で手に入る。紙粘土の袋には、耐水性のニスを隙間なく塗ると水に浮かべて遊べると書いてあった。

# 一番好きな花の香り

キッチンのシンクの前に立つと懐かしい香りがする。ヒヤシンスの花が満開なのだった。

毎年、冬がくると花屋でヒヤシンスの球根を探すのだが、今年はうまく出会えないまま。あきらめかけていたときに、ポツンとひとつ店頭にあった。ずいぶん葉が伸びており、根には少し土がついていたので鉢植えの球根を洗って水栽培用として並べたのかもしれない。ヒヤシンスは生長していく過程を見るのも楽しい。だからこれを買ったらすぐに咲いて終わってしまうんだろうなぁと思いつつ、やはりあの華やかな香りをかぎたくて買って帰った。

小学校の理科の授業でヒヤシンスの観察日記をやった。ひとりに1個。マイ球根である。毎日チェックし、ノートに書き写した。個体差があるので、早く咲く子、なかなか咲かない子、いろいろ。わたしのはどうだったのか忘れたけれど、以来ずっとヒヤシンスが好きということは、よい思い出だったのだろう。

ヒヤシンス。

名前の響きに透明感がある。調べてみればギリシャ神話に出てくる美少年から由来しているとか。日本には江戸時代の終わりに渡来したようだ。

授業で観察するくらい馴染みの花なのに、チューリップやひまわりほど気軽に絵に描かれない花。おそらく、わたしもあの観察日記以来、絵にしたことがないと思う。

一番好きな花の香りは？

という質問を生まれてから一度もされたことはないが、もしそう聞かれたら、

「ヒヤシンスです」

と答えたらめちゃくちゃステキではないか？

なんてことを考えながら夕飯の野菜を洗っていたのであった。

# ストレッチポール

ストレッチポールを買ったのだった。

ストレッチポールとは長さ約1メートル、直径15センチの円柱で、基本その上に縦に仰向《あおむ》けに寝転びストレッチするという代物。以前、ジムで使用したことがあったので現物を知ってはいたが、狭い家の中で見るとなかなかの存在感である。

はて、ドラえもんって身長何センチなんだっけ？　調べてみれば129・3センチ。ストレッチポールよりちょい大きい。ドラえもんはわたしが思っていたより背が高かった。そう見えないのはジムで見るストレッチポール同様、のび太君の家が広いからなのだ。

そういえばナザエさん家《ち》や、ちびまる子ちゃん家もみな居間が広々している。どれと話気に昭和暮らしたが、今ならＩＫＥＡの家具を揃えて北欧テイストにすれば相当映えるのではないか。特にサザエさん家は庭も広い。ハーブやバラを育て、しゃれたベンチを置いてお茶するのも楽しそうだ。庭キャンプもよいかもしれない。あれだけの広さがあればテントもはれるしバーベキューもできる。タラちゃんの喜ぶ顔が目に浮かぶ。

さて、ストレッチポールである。パソコンに疲れてくる午後3時過ぎ。よっこらしょとストレッチポールの上に寝転んでストレッチ。5分ほどごろごろするだけでもずいぶん肩が楽になる。これ終わったら、今日はどれを食べようか。

ネットで注文した「六花亭おやつ屋さん」。六花亭のいろんなお菓子が少しずつ入ったセットである。

マルセイバターサンド、ストロベリーチョコミルク、雪やこんこ。

「昨日食べた、べこ餅、おいしかったな〜。今日は抹茶カステラにしようかね」

いや待て、近所のパン屋さんで買ったコッペパンも残っている。あれにミルククリームを挟んでイチゴをトッピングするのはどうか？

なんてことを思いながらのストレッチポールの時間であった。

# 念願のドールハウス

IKEAのドールハウスが届いた。組み立ててみたら想像以上にデカかった。ちょっとした本棚として使えるくらい。

買うかどうか前々から迷っていたのだ。置き場所がない、というのが買わない理由だったのだが、ある夜、ついに注文してしまった。

置き場はないが、どうやら壁に取り付けられるようだ。そういえば、ドラえもんの道具で壁や天井を床のように利用できるモノがあったよなぁ。あれはなんという名前だったか。「ドラえもん壁を歩ける」で検索するとすぐにヒットした。道具の名は「重力ペンキ」。そのペンキを塗った場所ならば壁でも天井でも自由に歩くことができ、漫画の中ではのび太くんの友達が使っていた。クリスマスパーティを開くには家が狭困っていたその子のために、ドラえもんが用意したのだった。

床に置けないドールハウスも壁ならばまだ余裕がある。俄然《がぜん》、調子が出てきたので翌日、手芸店へ。

小さな手芸店には、手芸に関するものでないものがないというくらいびっしりと商品が並んでいた。パッチワーク用の布やフェルトをいくつか購入。布は壁紙がわり。フェルトは絨毯《じゅうたん》。届いたドールハウスを組み立てた後、早速、家づくりである。

スウェーデンのドールハウスを手本に色合わせを考えつつレイアウトしていく。楽しい。めちゃくちゃ楽しい。

中学時代に缶ペンケースが流行った頃、シャーペンや消しゴム、ものさしなどの色味や柄をいい塩梅《あんばい》で構成し、缶のふたを開けたときにかわいく見えるように考えるのが楽しみだった。

小さな世界に魅了される。

裁縫箱や工具入れのようなものであっても。

ドールハウスの内装が終わると、いよいよお待ちかね、家具の配置。ダイニングは一階で、二階はゆったりスペース。ミニチュアのベッドを持っていないので寝室はまだつくれない。コロナが落ち着き、またいつか蚤《のみ》の市などで買える日がくるだろうか。

ひとまず完成したので仕事部屋の壁に取り付けた。すぐに問題が発生する。ドールハウスに気をとられ「やっぱ、ソファはこっちかな？」などと仕事を中断して遊んでしまうのである。

# 15分間のポーランドへの旅

散歩の途中、新しいパン屋を見つける。

新しいパン屋、というだけで、もう立ち寄る率100パーセントである。小さな店でショーケースのパンの種類もほんの少し。ほぼハード系で、あとは食パンのようなシンプルなパン。

菓子パンとか、惣菜パンとかが食べたい気分だったんだけどな〜と思いつつも、新しいパン屋はやはり喜ばしく、食パンを一斤買うことに。

ふと横の棚を見ればジャムも販売していた。普段、あまりジャムを買わないのでお店でも手に取ることがないのだけれど、ブルーベリージャムに反応する。

「もしかしたら……」

成分表示を確認するとノンシュガーだった。「あった！」。食パンとともにブルーベリージャムのお代を払って店を出た。

以前、ポーランドを旅したときに食べた「ピエロギ」。見た目はギョーザであるが、マッシュポテトが入っていたり、ホウレンソウ＆チーズが入っていたり。ブルーベリーピエロギなるものもあった。初夏に食べられるらしく、ギョーザみたいな皮の中には砂糖なしのブルーベリージャム。さわやかな酸味が口の中に広がり、なんておいしいんだろうと感動したのだった。ちなみにピエロギは〝焼き〟もあるが茹でて食べるのが一般的。

甘くないブルーベリージャムを見つけたら自分でも作ってみようと思っていた。ピエロギを皮から作るのは大変なので、日本のギョーザの皮で代用だ。ギョーザの皮にブルーベリージャムを入れる＆茹でる。それだけ。

本来、ピエロギの皮は厚めなのだが、ギョーザの皮は薄いので茹でるとブルーベリーが透けてしまい、なんだか見た目は京都の「生八つ橋」みたい。しかし味はそこそこピエロギだった。ピエロギ度40パーセントというところか。たっぷりの生クリームと一緒にペロリ。15分ほどポーランドへの旅に出られた。

# ふたを開ける瞬間

缶入りのクッキー。

ふたを開ける瞬間は自分の年齢を忘れ、わくわくしている。

「好きなやつが入っているかな～」

子供の頃、妹とふたりでふたが開くのを息を凝らして見ていた。わたしたちはメレンゲが好きだった。軽くて、甘くて、儚《はかな》いお菓子。大人になって原材料を見れば卵白と砂糖というとてつもなくシンプルな作り。「最初にこのお菓子作った人すごい選手権」があればメレンゲの人は上位入賞になるのではないか。しかしながら、今はどちらかというとメレンゲは最後まで残っているのだけれど……。

缶のお菓子の思い出といえば、やはりゴーフルは外せない。親戚のおじさんやおばさんの手土産の定番だった。

いろんな食べ方をしたものだ。ガジガジとまわりから均等に丸く食べていき、最後は100円玉くらいのミニゴーフルにするとか。あるいは、切り絵のように猫や鳥のかたちに食べすすめるとか。

空き缶に水を入れて凍らせて遊んだこともあった。ゴーフルの缶は丸形なので、できあがった氷がまた楽しい。

ゴーフル型の氷。

少し溶かして取り出し、ベランダに置く。アイスホッケーのパックみたいにコンクリートの上をスライドさせるだけの遊び。今から思えば、母は冷凍庫に無理矢理スペースを作ってくれたのだろう。

お菓子の空き缶に入れた大切なもの。

折り紙や香りつき消しゴム。おもちゃの宝石やなにかのオマケ。

「子供たちがお菓子の缶に入れているもの写真集」があれば欲しいなぁと思う。自分と同じ思い出が見つけられそうな気がするのである。

高校時代、好きな男子がくれた
チョコレート(みんなに)、最後は
どうしたのか忘れた。

# たくさんのマリリン・モンロー

マリリン・モンローが通じないらしい。

スマホの英訳機能アプリに「マリリン・モンロー」と吹き込んでも、発音がよろしくないとまったく違う英訳になってしまうのだそうだ。

マリリン・モンローは人名である。人の名前くらいは大丈夫なんじゃないかな？

なるべく英語っぽく言ってみた。

「マリリン・モンロー」

英訳が画面に出る。

「以下を読んでください」

人の名前を言ったつもりが、まったく通じていなかった。もう一度試す。

「マリリン・モンロー」

しかし、また伝わらない。わたしのマリリン・モンローは「at 8 a.m. tomorrow（明日の午前8時）」と訳されていた。

気を取り直しまたまた、

「マリリン・モンロー」

画面を見ると「body tomorrow」

明日の体。

いったいなんのことなのか。

こうなったら、わたしのマリリン・モンローが正確に英訳されるまでやるしかない。

「マリリン・モンロー」

「they already Monroe（彼らはすでにモンローです）」

「マリリン・モンロー」

「Monterey Matlo（モントレーマーロ）」

「マリリン・モンロー」

「body demon law（体の悪魔の法則）」

「マリリン・モンロー」

「Maria tomorrow（明日のマリア）」

「マリリン・モンロー」

「Molly rain tomorrow（明日はモリー雨）」

「マリリン・モンロー」

「ＲＴＤモンロー」


いろんな言い方で試してもマリリン・モンローは出てこない。

それにしてもスマホの翻訳アプリは堂々としたものだ。どんなマリリン・モンローでも淡々と訳してくれる。内心、「ＲＴＤモンローってなんなん？」と思っている可能性はあるが、それでも笑いもせず、こちらでよろしいですかね？　という感じ。

「マリリン・モンロー」と唱えつづけている声がご近所に漏れているかもしれない。

もうやめよう。

ふと思い立ち、カタカナ英語的に「まりりんもんろう」と吹き込んでみたら、

「マリリン・モンロー」

しっかり訳してくれた。

# 雨ニモマケズ、多肉植物

星の王子さまがやってきた。

飛行機に乗ってきた。

「ホシノオウジ」という多肉植物である。前から多肉植物の寄せ植えをひとつ育てていたのだが、いや育てるもなにも、特になんもしなくても育ってくれていたのであるが、とにかく家にあった。やや育ちすぎていたのでちょいちょいと剪定《せんてい》したついでに、新しいのをネットで注文したのだった。

5鉢買った。ひとつ400円ほど。小さな箱にカップケーキみたいに並んで入っていた。

「かっわいい……」

思わずひとりごと。

子供の頃、よその家の玄関先の多肉植物を見るとゾッとしたものだった。モコモコしていて気味が悪い。どうしてこんなものを植えているのだろう？　謎であったが、今、こうして箱に入った多肉植物を眺めてみれば、なんともかわいらしい。モコモコがいいのである。

多肉植物の魅力について書かれた紙が入っていた。


雨ざらしでも大丈夫！

暑い場所でも大丈夫！

雪が降っても大丈夫！


なんかすげーな、多肉植物。宮沢賢治を思い出してしまった。

さっそく鉢植え。

今回買ったのは、モルガニューム、ハルモエ、メイゲツ、白牡丹、そしてホシノオウジ。多肉植物には詳しくないので、写真を見てかわいいと思ったものを直感で選んだ。中でも「ホシノオウジ」はお気に入り。モコモコというよりカクカク。コンペイトウを積み上げたような。なにより名前が素敵ではないか。

どんな花が咲くのだろう？

調べてみれば小さな白い花が密集して咲くようで、まさにコンペイトウのようだった。

# 今日のおやつは何にしよう

昼に起きて朝食兼用の昼ご飯を食べる。食べ終わると考える。

「今日のおやつは何にしよう？」

コロナ禍、長い長い非常時であるからして、デザートの冷凍化が進んでいる。頻繁に買い物をしなくてもよいよう、スーパーに行ったときはあれやこれやと買いだめ。ジップロックの中で冬眠している冷凍おやつをたまにしみじみと眺めてしまう。

おやつ。

いろんなおやつを食べてきた。忘れてしまっているおやつもたくさんあるんだろう。森永のホームページをのぞいてみた。お菓子の歴史が写真入りで紹介されている。

そうそう、「スピン」！　馬車の車輪のような形のスナック。口に入れるとちょっと舌に吸い付く感じが楽しくて、吸い付き感も味わったものだった。

「チョコベー」？　うっすら覚えている。「チョ〜コベ〜」というちょっとおどろおどろしい声のＣＭが印象的だった。きっと妹と一緒に「チョ〜コベ〜」とふざけながら食べていたのだろう。

「森のどんぐり」は本物のどんぐりみたいなチョコ菓子で、同じラインでは「つくんこ」も本物のつくしのような見た目だった。おもしろがってよく食べた。

　本物そっくりで思い出したのが、青森県八戸《はちのへ》市の朝市。八戸は朝市が有名なのだけれども、中でも館鼻岸壁《たてはながんぺき》朝市は出店が約３５０店も並び、それはそれは壮観。その朝市にカブトムシの幼虫そっくりのグミが売られていたのだった。人気商品らしく、わたしが行った時間にはひとつふたつしか残っていなかった。

　なにかに似せたお菓子に惹《ひ》かれるのはなぜなのだろう？

と考えてみれば、やはり楽しいからしかないわけで、シンプルによいなぁと思う。

広い広い宇宙の中で地球と似た星に住む人々がいるとしたなら、きっとそこでも「そっくり菓子」が販売されているに違いない。

# 夏の大人のしゅわしゅわ

コンビニであれこれ支払いを終えての帰り道、台湾風の小籠包《ショーロンポー》を買って帰る。

もうこれはノンアルビールしかないよな。

脳内はノンアルビールのしゅわしゅわでいっぱいである。

ノンアルビールはもちろんアルコールではないけれど、午後のおやつに飲むには微妙な罪悪感がある。その罪悪感とともに、最近、たまに午後に飲んでいる。

もともとわたしはお酒に弱いのでお酒がなくても生きていけるのだが、ビールというものの味は大好き。なので、お気に入りのノンアルビールが冷蔵庫に常備してあるのだった。

さてさて、熱々小籠包。

小皿に入れてテーブルへ。中の汁が飛ぶかもしれないのでキッチンクロスを敷いた。ガラスのコップに冷えたノンアルビールを注ぐ。

うん、完璧だ。

まだまだ仕事は残っている、夏の大人のおやつにぴったりではないか。

「いただきます」

ふいに、グローバルやな、と思う。

益子焼きの小皿に台湾小籠包。フランスのデュラレックスのグラスに、キリンのノンアルビール。キッチンクロスはフィンランドのマリメッコ。

統一感がないのが統一感か？

なんてことを思いながら、テレビ中継の相撲を見つつ一息。

小籠包を食べ終えると、やはりちょっと甘いものも食べたくなる。冷凍庫をガサゴソやって、スウェーデン風シナモンロールを発見。ドイツのノンカフェインインスタントコーヒーをいれ、相撲のつづきを見ながら平らげた。

# ハーゲンダッツ進化中

ハーゲンダッツのアイスクリーム。

お気に入りのフレーバー、常に上位なのはマカデミアナッツ。初めて食べたときの、

「うわわわわわ、なにこれ、めっちゃおいしい！」

の気持ちのまま早数十年。

高校3年生も終わりに近づいた頃だったと思う。友達4人と行ったハーゲンダッツ実店舗。まだコンビニで買える時代ではなく、それは電車に乗って食べに行くアイスクリームだった。注文の仕方がわからずまごついたものの、そのおいしさにびっくり。

社会人になり、仕事帰りに食べに寄ることもあった。その日の気分のフレーバーと、大好きなマカデミアナッツ。2種類チョイスして、生クリームとナッツを追加でトッ

ピング。カウンターに座り、大阪梅田の街を歩く人たちを眺めながらひとりで食べた。

振り返ってみても、いい職場だった。上司も優しく、同期たちとも仲が良かった。朝早く集まってモーニングを食べに行き、仕事終わりにまた同じメンバーでケーキを食べに行くことも。女の先輩たちはその頃最先端だった「屋台村」に連れて行ってくれた。カラオケではタンバリンを鳴らしてみなで大熱唱。

それでもなぜか、ハーゲンダッツでひとりアイスを食べていたときの自分を思い出すと淋しげなのである。

たまにハーゲンダッツを土産にすることもあった。ドライアイスをたんまり入れてもらい、満員電車に揺られて家路を急ぐ。

「わっ、ハーゲンダッツ！」

母や高校生の妹が喜ぶ顔が目に浮かんだ。

そういえばオトーサンにあげたことってあっただろうか？

なぜだろう、女3人で食べた思い出しかないのだった……。

さて、最近のマイブームは「クリーミージェラート ヘーゼルナッツ&ミルク」。甘さ控えめのヘーゼルナッツと、しっかり甘いミルク。分かれているので好きな配分で味わえる。いっきに全部食べず、午後のおやつにちょっと食べて冷凍庫、夕飯後にちょっと食べて冷凍庫、夜食にちょっと食べて冷凍庫。せせこましい食べ方だけど、おなかが冷えすぎず今のわたしにちょうどいい。我がハーゲンダッツライフはまだまだつづく。

# おしゃれな人の飲み物

スーパーに行く。おしゃれな女の人が買い物をしていた。どういうおしゃれな人かというと、ふわっとしたマキシ丈のリネンワンピースを着て、長い髪をくるくると小さくひとつにまとめ、前髪は真ん中わけ。さりげないイヤリング、さりげない指輪。足元はエスニックなサンダル。背が高くてほっそり。

そのおしゃれな人が野菜コーナーで赤紫蘇《あかじそ》の袋を手に取りカゴに入れているのを目撃した。きっとおしゃれなものを作るに違いない。なんだかわたしも赤紫蘇を買ってみたくなり後につづいたのであった。

家に帰る。赤紫蘇を取り出す。袋にパンパンに入っている。これをどうすればいいかはクックパッドが知っている。

どうやら赤紫蘇シロップが作れるようだ。やってみようではないか。

赤紫蘇をざぶざぶ洗う。で、次は煮たらいいんだよね？　と思っていたら、葉を茎から取らないといけないようだった。とんだ手間ひまじゃないか。

流しに立って葉をブチブチと取りながら未来のほうを見る。

わたしはもう二度と赤紫蘇を買うことはないだろうな……。

梅干しやらっきょうを漬けたこともないし、漬けてみたいと思ったこともない。だから、赤紫蘇で赤紫蘇シロップを作ってみようと思ったこともないのに始めてしまった謎。

とはいえ、楽しくないこともない。楽しいともいえる。二度とやらなくとも、この一度はまあまあおもしろいのである。

茎からちぎった葉を熱湯で煮て、葉を取り出したら砂糖と酢を入れる。赤紫蘇シロップの完成だ。

粗熱を取り、冷たい水で割って飲んでみた。紫蘇のいい香りが口の中に広がる。ほのかな酸味と甘さでさっぱり。

いいじゃん、がんばったじゃん、赤紫蘇シロップ！

おしゃれなものを作ってみた自分をひとり労《いたわ》る。なくなったら既製品を買うかもしれないくらい気に入った今年の夏の飲み物だった。

# 野菜おまかせセット

野菜おまかせセットを注文したのだった。

季節の野菜が何品か入っているらしい。

ダンボール箱が届いた。じゃがいもがいくつか入っていた。すごく小さかった。むいたらもっと小さくなるだろう。

ミニトマトも入っていた。すごく小さかった。ミニトマトなので小さくても問題なかった。

空芯菜なるものもあった。スーパーの野菜売り場でわたしが手に取ることがない野菜である。プロが使う野菜だと素通りしていた。

しかし、おまかせセットに空芯菜は入っていた。おまかせは攻めていた。それでレシピ検索をしてオイスターソース炒めを作ることにした。

まな板の上で空芯菜の茎を切って感心する。

本当に空洞だ！

「サッと炒めて」という説明どおりにサッと炒めて皿に盛る。食べると空芯の部分がまだ硬かった。「サッと」がサッとすぎた。よく嚙んで食べた。

おまかせセットにはモロヘイヤも入っていた。自分でどうこうしようと思ったことがない野菜パート2。やはり攻めている。なぜ普通にキャベツや小松菜ではないのか。

モロヘイヤチヂミを作ってみることにした。レシピ写真がおいしそうだったからだ。ボウルに卵、小麦粉、片栗粉、チーズ、水、そしてきざんだモロヘイヤを入れてかき混ぜ、フライパンで焼いた。

しょうゆとごま油のタレで食べてみた。おいしかった。めちゃくちゃおいしかった。モロヘイヤの味はしなかった。クセがないとはこういうことなのだろう。自分の消し方がハンパない。

モロヘイヤに関してわたしが唯一知っている情報は、事実かどうかは知らないが「クレオパトラが食べていた」である。

しれい　クレオパトラのヘアスタイル。塩野七生さんの『ローマ人の物語』に、あのオカッパについて書かれていた箇所があったんだよなぁ。

本棚をごそごそやって発見する。

「クレオパトラ自身も、エジプト古来の祭祀には例のオカッパ・スタイルで臨んだが、いつもはギリシア式の髪型で衣服も西欧風だった。」

（『ローマ人の物語　ユリウス・カエサル　ルビコン以後　下』新潮文庫より）

クレオパトラはいつもオカッパではなかったようだ。モロヘイヤチヂミを食べながら古代エジプトに思いを馳《は》せる。野菜おまかせセットは、案外楽しかった。

# 甘いなぞなぞ

お気に入りの和菓子屋さんがあって、前を通るときは外からショーケースをチェックする。人気店なので夕方に行くと品が少なくなっており、チェックせずに入ると食べたいものがない場合がある。一旦入ると、なにも買わずに帰ることができない雰囲気の店だから入店前のチェックは重要であった。

店先の観葉植物の陰からショーケースをじーっと見る。

おはぎが見えた。

おはぎが食べたい。

しかし、わたしはこしあんではなく、つぶあん派。

こっこジーっと見る。そんなわたしをお店の人がじーっと見ていた。

あった　つぶあん。いそいそと店に入って買って帰った。

甘党である。甘いものが好きなのだ。

とはいえ好みも一応ある。わたしは甘い中に、甘くない味があるのが結構好きで（なぞなぞか？）、たとえばおはぎはごはんの部分は甘くない。好きだ。

みたらし団子。団子の部分が甘くない。好きだ。

たいやき。皮の部分はそれほど甘くない。好きだ。

福岡の太宰府天満宮に行ったときに参道で食べた「梅ヶ枝餅」。香ばしく焼いた甘くない餅の中にあんこが入っていた。

「100点出た！」

このバランスこそわたしが求めていたものであった。近所のスーパーで冷凍の「梅ヶ枝餅」を発見したときは小躍りしたものだった。

もしもわたしが和菓子屋を持つとしたら、甘い＆甘くないがセットになったものが中心になるはずだった。

## なんでも出てくる冷凍庫

揚げ物でも煮物でも炒め物でも蒸し物でもなく焼いた物が食べたい日ってないだろうか。わたしはある。

ああ、焼いたもんが食べたいなぁ。

ホットプレートを使うほどの祝賀感がなくてよく、とにかく焼き目がついていればよい。

そんな夜はフライパンである。冷凍ソーセージをストックしてあるので、野菜と一緒にじゅーじゅー焼き、フライパンごと食卓へ。

冷凍庫がパンパンになっている。冷凍ソーセージ、冷凍ごはん&冷凍パン、大量に手作りして冷凍したギョーザ、洗って小分けにした様々な冷凍野菜、冷凍バナナ、冷

凍ラウイ　冷凍シフォンケーキ。
冷凍麻婆豆腐もある。中華料理屋で多めにテイクアウトした麻婆豆腐をジップロックでフリージング。

仕事を辞めて上京したのは26年前。2ドアの小さな冷蔵庫を買った。狭いワンルームマンションである。どこに座ってもいつも冷蔵庫が視界に入った。

冷蔵庫に壁紙を貼ってみようか？

そうしたらオシャレな「キャビネット」に見えるんじゃないか。

余計なことをしがちなわたしは、さっそく花柄の壁紙を買ってきた。貼ってみた。完成したのはキャビネットではなく単に花柄の冷蔵庫だった。

東京でできた新しい友達が家に遊びに来るたび、みながわたしに聞いた。

「これ、自分で貼ったの？」

誰ひとり「オシャレだね」とは言わなかった。引っ越すとき処分したが、部屋から出すのが恥ずかしかった。

おっと。今時計を見たら午後の2時。出かけなければ！　一旦パソコンを閉じる。

帰ってきた。

買ってきた。

最近オープンしたケーキ屋さんのケーキ。夜まで開いているはずなのに夕方に行くといつも「売り切れました」の貼り紙。やっと、今日、買えたのだった。

チーズケーキ、バナナケーキ、チョコレートケーキ、キャロットケーキ。

うち3つはラップに包んで冷凍庫へ。この原稿を書き終えたら、冷凍しなかったバナナケーキにバナナを添え、バナナづくしのおやつである。ちなみに今夜は焼き物ではなく冷凍麻婆豆腐。山椒の粉を追い足してカスタマイズするつもり。

窓から見える空が高い。

小さな楽しみを見つけるこぢんまりとした日々。もうすぐコロナ禍二度目の秋を迎えようとしている。

この作品は幻冬舎ｐｌｕｓ連載の「前進する日もしない日も」（２０１６年７月〜２０２１年９月）をまとめた文庫オリジナルです。

# 今日《きょう》のおやつは何《なに》にしよう

益田《ますだ》ミリ

令和5年3月10日　初版発行
令和6年11月20日　5版発行

発行人――石原正康
編集人――高部真人
発行所――株式会社幻冬舎
〒151-0051東京都渋谷区千駄ヶ谷4-9-7
電話　03(5411)6222(営業)
　　　03(5411)6211(編集)
公式HP　https://www.gentosha.co.jp/
印刷・製本―株式会社　光邦
装丁者――高橋雅之



幻冬舎文庫

ISBN978-4-344-43272-7　C0195　ま-10-25